Dies ist ein Herbsttag, wie ich keinen sah

SERIE PIPER
Band 1074

Zu diesem Buch

Der Herbst steht als Symbol nicht nur für Lebensabend und Vergänglichkeit, für die Zeit der Melancholie und des Abschiednehmens, sondern auch für Ernte und Fülle, für Dankbarkeit und Zufriedenheit über ein gesegnetes Jahr. Keine Jahreszeit hat gerade die deutschen Dichter so angeregt wie der Herbst mit seinem Doppelgesicht. Der lyrische Ausdruck des Naturerlebens in Europa hat sein Vorbild in der griechischen und römischen Antike, in der Schäferpoesie, ihm fehlt die jahrhundertelange Kultivierung von Naturwahrnehmung, die beispielsweise die Tradition der asiatischen Jahreszeitendichtung begründet. Aber seit dem Barock wird auch in Deutschland der Herbst zur immer wiederkehrenden metaphysischen Erfahrung und einige der großen deutschen Herbstgedichte nehmen gleichsam den Dialog mit der chinesischen und japanischen Lyrik auf.

Diese Anthologie zeigt interessante Verbindungen zwischen deutschen Autoren verschiedener Epochen und Jahrhunderte auf in der Darstellung gleicher Erinnerungen und Erfahrungen in der übereinstimmenden Verwendung von Bildern und Symbolen.

Die schönsten Gedichte auf die Reifezeit des Jahres versammelt dieser Band: Die Reihe der Autoren reicht vom 17. Jahrhundert bis in die Gegenwart, von Barockautoren wie Weckherlin und Harsdörffer über die großen Namen aus Klassik und Romantik bis hin zu noch lebenden Autoren wie Meckel und Jandl.

Walter Flemmer, geboren 1936 in München. Studium der Germanistik, Geschichte und Philosophie, ab 1960 journalistisch tätig, ab 1962 beim Bayerischen Rundfunk. Seit 1971 ist er Kulturchef und Stellvertreter des Fernsehdirektors für die Programmgruppe Kultur und Familie beim Bayerischen Fernsehen.

DIES IST EIN HERBSTTAG, WIE ICH KEINEN SAH

Herbstgedichte

Ausgewählt von
Walter Flemmer

Piper
München Zürich

Von Walter Flemmer herausgegeben
liegen in der Serie Piper außerdem vor:
Alte Wunder wieder scheinen (714)
Nacht, lichter als der Tag (1073)

ISBN 3-492-11074-6
Originalausgabe
Oktober 1990

Umschlag: Federico Luci,
unter Verwendung des Gemäldes »Herbst« (1903)
von Giovanni Giacometti
(© Cosmopress, Genf 1990)
Gesamtherstellung: Clausen & Bosse, Leck
Printed in Germany

Inhalt

Vorwort

Auf einer Reise durch die Philippinen. Der Fahrer des offenen Jeepny-Busses rast als sei der Teufel hinter ihm her. Vorbeiflitzen an Landschaften, Reisfeldern im schräg einfallenden Frühlicht, dann am Spätnachmittag, schließlich im gelben Anhauch der untergehenden Sonne.
Weder der Fahrer noch die Kollegen aus dem Land sind in ein Gespräch über die Landschaft zu verwickeln. Sie scheinen nichts als die Strecke zu sehen, die möglichst rasch überwunden werden muß. Hinweise auf die braunen, pyramidenförmigen Reisstrohstöcke in den Feldern, die grafische Landmarken setzen und zwischen dem Grün den Augen als gliedernde Akzente erscheinen, werden mit sichtlichem Unverständnis abgetan. Reisstroh, was denn sonst? Warum in ihm auch noch Zeichen sehen wollen, warum das Auge hinlenken wollen auf den Lauf des Flusses, auf die Spiegelung des Vollmondes im geriffelten Wasser, ehe die Sonne um sechs Uhr mit tropengenauer Pünktlichkeit aufgeht?
Landschaft: was ist das in einem tropischen Land? Natur, so wie wir sie verstehen, existiert sie nur in kulturell vermittelten Anschauungen, die das Ergebnis langer Einübung sind? Ist Natur in den Tropen nicht nur etwas, das in immer gleicher, nicht durch Jahreszeiten veränderter Weise einfach da ist?
Landschaft, Natur wahrnehmen zu können, bedarf das nicht einer in Jahrhunderten gewachsenen Kulturfähigkeit, die etwas zu tun hat mit der Wahrnehmung sich ändernder Stimmungen, mit dem Wechsel der Jahreszeiten? Und macht nicht erst die gewachsene Kulturfähigkeit dann auch die Naturbeschreibung in Bildern und Gedichten oder Prosa möglich?
Chinesen und Japaner haben in Asien jahrhundertelang die Wahrnehmung der Natur kultiviert und eine ehrfurchtsvolle Haltung ihr gegenüber. Auf Rollbildern und Wandschirmen, in Tausenden von Gedichten haben chinesische und japanische Künstler die Natur und vor allem die Jahreszeiten beschrieben. Der Wechsel der jahres-

zeitlichen Stimmungen stimmt überein mit Gefühlen des Menschen, löst sie vielleicht sogar aus.

In beinahe allen Haiku-Gedichten erscheint ein Jahreszeitenwort. Es gibt gleichsam den atmosphärischen Grundton an, in einem Wort eine Emotion, eine Farbe. So gibt es spezielle Wörter für den Mond oder die Blüten der einzelnen Jahreszeiten. Bis in die Gegenwart war die Haiku-Kunst eine Jahreszeitendichtung. Japan hat die Betrachtung der Natur in einzigartiger Weise kultiviert. Das traditionelle Haus öffnet sich hin zum Garten. Vor dem Haus die Veranda: ein Platz, um sich niederzusetzen und die gestaltete Kleinlandschaft und den in ihr sichtbar werdenden Wechsel der Jahreszeiten wahrzunehmen. Auf der Veranda sitzt man, um dem aufgehenden Mond zuzusehen, um das erste Herbstgelb der Blätter zu bewundern. Sogar Kaiser haben auf der Veranda sitzend Jahreszeitengedichte geschrieben. Und noch heute werden von der Feier der Kirschblüte bis zu den Winterfesten und der Darstellung des Schnees auf den geschwungenen Dächern die Jahreszeiten von der ganzen Bevölkerung sozusagen poetisch wahrgenommen.

Europa hat der Jahreszeitentradition Chinas und Japans nur wenig Vergleichbares an die Seite zu stellen. Doch einige der großen deutschen Herbstgedichte nehmen gleichsam das Gespräch mit Basho, Issa und den chinesischen Lyrikern der Tang-Zeit auf.

Herbst wird zur immer wiederkehrenden metaphysischen Erfahrung. Im Herbst fühlt sich der Mensch der großen und unaufhaltsamen Vergänglichkeit gegenüber. Alter und Tod werden benannt, Schwermut und Resignation bedrücken. Aber der Herbst ist auch die Zeit der Ernte, des goldenen Lichtes, des Ausgleichs und der geduldigen Hinnahme.

Herbst: auch in Europa wird diese Jahreszeit in der Dichtung zum Symbol, die Geschehnisse der Natur werden zu Bildern des Lebens. Vom Barock über die Romantik bis in die Gegenwart sind immer wieder ähnliche Beobachtungen zur ähnlichen Symbolgestalt geworden. In der mittelalterlichen Lyrik finden sich Frühlings-, aber so gut wie keine Herbstgedichte, nicht zu vergessen freilich das schöne *Herbstlied* des Thurgauischen Ritters Steinmar aus dem 13. Jahrhundert. Auch im Barock werden eher Frühling und Sommer als der Herbst besungen.

Georg Rudolf Weckherlin, dem 1584 geborenen Schwaben und Diplomaten in württembergischen Diensten, gelingt mit der Ekloge von der Herbstzeit – wohl an anakreontische Gedichte wie das von Mörike übersetzte Gedicht *Kelterlust* anknüpfend – eine sehr lebendige und ins Erotische hineinspielende Beschreibung einer herbstlichen Weinlese und eines Erntefestes. Die Antike, auch die römische mit Vergil und Horaz, die Schäferpoesie, wurde zum Vorbild eines frühen Naturerlebens in der deutschen Lyrik. Viele Wendungen sind Versatzstücke und kaum noch eigener Erfahrung zuzuschreiben.

Barthold Hinrich Brockes schreibt mit den *Gedanken bei dem Fall der Blätter im Herbst* wohl das erste große deutsche Herbstgedicht. 1746 hat er es drucken lassen, wenige Monate vor seinem Tod. Brockes, ein Meister der Farbnuancen, hat auch in diesem Gedicht überaus genau den Blätterfall im Herbstlicht beschrieben und im sanften Vergleiten und Dahinschwinden schon jene Stimmung getroffen, die Rilke Anfang unseres Jahrhunderts noch einmal beschwört, wenn er vom Fallen der Blätter und alles Lebendigen spricht, vom Fallen, das schließlich doch sanft gehalten werde. Bei Brockes: die schöne, gelassene Annahme des Schicksals angesichts der sanften Wirbel des Blätterfalls.

Zunächst scheint es verwunderlich zu sein, daß weder Klopstock noch Goethe oder Schiller sonderlich dem Herbst zugetan sind. Doch bei ihnen wie dann bei den meisten der Romantiker spielt einfach der Frühling als Topos für die Liebeserfahrung und als neuer Aufbruch ins Leben eine viel größere Rolle. Auch in Goethes Gedicht *Herbstgefühl* ist nicht vom Untergang, sondern von Fülle, Ernte und ewig belebender Liebe die Rede.

Einsam herausragend und unvergleichlich ist Hölderlins *Hälfte des Lebens*, eines der vollkommensten Gedichte deutscher Sprache. Die Naturerscheinungen werden zu Symbolen eines Lebensgefühls. In großartigen Bildern und gegenüber den Oden, Hymnen oder Elegien Hölderlins ganz einfach sind menschliche Erfahrungen unvergeßlich ausgedrückt. Der Herbst: hineingestellt in die Antithese der Sommer- und Winterstrophe, die Folie gleichsam für Aussagen über die gesamte, insbesondere die dichterische Existenz. Der Herbst: Erfahrung der Krise des Lebens.

Bei Tieck und Brentano wird der Herbst zur antikischen Erntefeier, der Oktober ist der »Weinmond«.
Siegfried Mahlmann, Luise Brachmann und dann Adalbert von Chamisso reden schon von »trüber Dämmerung«, von den leiser werdenden Liedern und der »entnervten Sonne«. Für Chamisso schließlich wird der Herbst zum Spiegel, in dem die eigene Vergänglichkeit sichtbar wird: »Ja, das Jahr wird alt, wie ich alt mich fühle«. Und auch Eichendorff spürt das *Herbstweh*, er sagt: »Mich friert, ich bin schon alt«, und »vor Wehmut« zieht es ihn nieder »wie ins Grab«. Der Herbst wird immer deutlicher zum Symbol für das endende Leben, für den Lebensabend. Bei Rückert: »Du, dieses Jahres Abend, Herbst, sei meines Lebensabends Bild«.
Empfindungen, Erfahrungen werden nun gleichsam in festen, wiederkehrenden Naturbildern weitergegeben, tauchen immer wieder auf. Bilder, Symbole, die etwa auch in der schon genannten chinesischen und japanischen Lyrik erscheinen: das weiß werdende Haar, der Abschied, das Frieren, widergespiegelt in den fallenden Blättern, im Absterben der Pflanzen, im schwindenden Licht, der beginnenden Kälte, dem drohenden Winter.
Luise Hensel widmet einem fernen, kranken Freund das Gedicht *Herbststimmung* und kommt nach der Schilderung welkender Blumen und des herbstlich kühlen Abends zu unserem »Abendrot«, zu »dem Herbstboten, ja, dem ernsten Tod«. Lenau, der Spätromantiker, taucht wie keiner vor ihm ein in die »ganze Schwermut« und empfindet den Herbst als Aufbruch zur letzten Reise.
Mörike, der Übersetzer anakreontischer Verse, läßt nicht nur in der *Herbstfeier* wieder die antiken Götter auftreten, sondern beschreibt einen *Septembermorgen* in einem nur sechszeiligen, einfachen, wunderbar ausgewogenen, ausklingenden Gedicht. Bei Theodor Fontane umkleiden Erinnerungen und geläutertes Hinnehmen die Vergänglichkeit mit Milde.
Nietzsches Herbstgedichte, das Schreien der Krähen in *Vereinsamt*, verbinden Hölderlins *Hälfte des Lebens* mit Rilkes und Trakls Versen. Im Herbst, am Herbst erfährt der Einsame, was es heißt, keine Heimat zu haben, verloren, ja, verflucht zu sein. Unser Jahrhundert ist vom Anfang bis in die Gegenwart in den Gedichten der Lyriker dem Herbst viel näher als alle vorangegangenen Jahrhunderte. Bei

kaum einem Dichter fehlen Herbstgedichte. Lob und Preis des Herbstes stehen neben der Schwermut und der Erfahrung der Vergänglichkeit.
Stefan Georges »totgesagter park« neben Rilkes Herbsttagen, in denen die »südlicheren Tage« aufscheinen und der Baum zum »hohen Baum des Schauns« wird.
Hesses naturmagisches Empfinden, sein Blick auf dem sammetgoldenen müden Flügelschlag des Schmetterlings, die Erfahrungen des Gärtners und die genauen Beobachtungen des Malers bereiten die Verse der großen Naturmagier unseres Jahrhunderts vor: Elisabeth Langgässer und Oskar Loerke. In ihren Gedichten sind alle Farben, Gerüche, Regungen und Bewegungen der Pflanzen und Tiere so intensiv gegenwärtig wie nie zuvor, der Mensch wird hineingenommen ins unbegreifliche Wachsen und Vergehen der Natur.
Und auch Gottfried Benn beschwört, spricht direkt von »Bann« und »Unwiederbringlichkeit«.
Georg Trakl kann nur ein Mal den Landmann sagen lassen: »Es ist gut« und den Herbst als »der Liebe milde Zeit« empfinden, denn schon sind auch die schön vom Sonnenschein bemalten Totenkammern weit offen, und durch alle Beschwörungen der »herbstlich klaren Weiten« weht schon ein Verwesungsgeruch. Die Hoffnung auf Geborgenheit kämpft an gegen die Verzweiflung, die Trakl in einem Brief benennt: »Es ist steinernes Dunkel hereingebrochen«. Denn das letzte Wort im *Psalm*, der mit der »goldnen Stille des Herbstes« beginnt, lautet: »... als stiege das Kreuz den blauen Kalvarienberg herab, würfe die schweigende Erde ihre Toten aus«.
Tucholsky, Kästner und Mascha Kaleko bringen ein paar Tupfer Ironie und humorvolle Gelassenheit hinzu.
Bei allen anderen Lyrikern bleibt der Herbst die Zeit der Melancholie, zeichenhaften Abschiednehmens, das gilt für Britting, für Gertrud Kolmar, die Gedichte Karl Krolows aus den sechziger Jahren.
Der Herbst ist eines der dominierenden Themen der Lyriker, die Naturgedichte schreiben.
Peter Huchel, Marie Luise Kaschnitz, Rose Ausländer, Erich Fried, Günter Eich, Hilde Domin, Paul Celan, Wolfdietrich Schnurre, Heinz Piontek und in der unmittelbaren Gegenwart Jürgen Becker,

Sarah Kirsch, Friederike Roth oder Hans Georg Bulla, sie scheinen nicht vorbeizukommen an den Verwandlungen der Natur. Erstaunlich ist allenfalls, daß »falber Brand aus Gras und Harz«, daß die letzte Birne am Ast, Stare im Himmel, wachsende Schatten oder Wolkenschafe, der sonnige Kürbis, das fahle Gräserhaar des Rieds, rote Äpfel und der Hauch auf dem letzten Wein, daß alle Merkmale der natürlichen Veränderungen, daß Natur schier ungebrochen gegenwärtig ist. Wenn für Peter Hamm der November zum wahrhaftigsten Monat wird, wenn Hermann Burger vom Kirchberger Hügel aus den Spätherbst beschreibt und Peter Handke in den »letzten Tagen« die Natur musikalisch empfindet, dann wundert man sich zuweilen, daß die in unserer Zeit so geschundene und bedrohte Natur immer noch den Glanz, die Verwandlungen und damit Zeichen bereithält, die Lyriker zum Schreiben veranlaßt.
Die Magie des Herbstes ist nicht von den Steinwüsten der Großstädte, nicht von der Industrialisierung und Motorisierung ausgelöscht worden. Oder stehen die Lyriker mit der Beschreibung und Beschwörung der schönen, milden, schwermütigen oder gar dunkel drohenden Jahreszeit abseits, in einem Rückzugsgelände? Aber es könnte auch sein, daß gerade aus den Naturgedichten die Gleichnisse, die Bilder herüberkommen, die nötig sind, damit der Mensch nicht in den Strudel der Un-Natürlichkeit untergeht.

Georg-Rudolf Weckherlin

Die vierte Ekloge von der Herbstzeit

Längst in der Heubarrn lag die dürre Grasgeburt,
der Äcker gelbes Haar war auch längst abgeschoren,
der Bäume Frucht und Obst lag sicher auf der Hurt,
und mancher Baum hat schon sein Laub wohl halb verloren.

Der Weinstock, dessen Frucht ist aller Herzen Kraft,
mit Trauben weiß und schwarz ganz reif war wohl gezieret;
und das Volk, sehnend sich, den edlen Rebensaft
zu sammeln, als davon schon weinreich jubilieret.

Mit Streichen dick und schwer, mit Weid und Birken rund,
die Küfer heben auf die Klüpfel hoch, sich finden
mit Maß, mit Müh, mit Macht stark um und um zur Stund,
die Bütten, Zuber, Faß und Herbst-Geschirr zu binden.

Auch in den Keltern schon, die nun in gutem Stand,
mit sanft und frischer Luft durchwehet, offen stehen,
kann man den Kelter-Baum, die Wind-Stang, Schraub,
Wein-Stand,
die Bracken, Dielen, Bütt und alles sauber sehen.

Alt und jung, Mann und Frau, der Leser großer Hauf,
indem die Häplein sie zu wetzen sich bemühen,
mit Kübeln, Körblein, Zain und Butten warten auf,
nach dem Frühstück nunmehr zu lesen auszuziehen.

Die Sackpfeif und Schalmei mit ihrem hellen Spiel,
gefallend wunderlich der Jugend jungem Willen,
wie diese mit Geschrei und Jauchzen überviel
und lautem Widerhall die Luft und Ohren füllen.

Folgend den Pfeifern nach, mit Freuden kommen sie
bald in den Weinberg hin, da lassen sie ihr Wesen,
und fangen alsbald an mit angenehmer Müh
fein ordentlich die Trauben abzulesen.

Die Glefener schwarzbraun, und die Gutedle weiß,
die Muskateller gelb, Gänsfüsser und Treutschtrauben,
und die Traminer rot, mit schmollend-süßem Fleiß
den Lesern gleichsam sich aufopfern, abzuklauben.

Die Buttenträger bald seind hinter ihnen her,
und mit den Britschen sie zu Fleiß und Freud ermuntern,
die laden sie, zu Dank, so bald, so oft und schwer,
daß auch die Treter sich ob ihrem Ernst verwundern.

Damals konnt Florindo, der fremd verliebte Hirt,
die schön liebreiche Nymph Marina kommen sehen,
und weil ein Augenblick ihm als ein Tag lang wird,
so wollt er heimlich ihr als bald entgegengehen.

Nach ihrer beider Wunsch in einer Halden grün,
mit manchem Pfirsichbaum und Efeu überschattet,
umfing sie ihn, er sie, und sprach, durch Lieb war kühn,
von hinnen wird dir, Lieb, zu scheiden nicht gestattet.

Zu scheiden? sprach sie, nein. Gleichwie ein klarer Tag
nach einer langen Nacht sich liebreicher erzeiget,
und wie bequem der Trost sich reimet auf die Klag:
also hab ich jetzt dich mit aller Lieb eräuget.

Gleichwie nach starkem Sturm, antwortet er alsbald,
die Schiffleut fröhlicher sich in den Port begeben:
also erquicket jetzt dein göttliche Gestalt,
Marina, schön und frisch, mein unlängst trübes Leben.

Wohlan dann, Florindo, sie wieder zu ihm sprach,
weil durch der Lieb Gunst wir nun nach Begierd genesen,
so laß du mir, ich bitt, und ich laß dir nichts nach,
indem wir der Lieb Frucht, wie andre Trauben, lesen.

Ach! wiederholt er, wie schön ist diese Frucht,
ist der Herbst-Pfirsich nicht dick, rötlich, halb-gespalten?
daß schauen ihn nur an, empfind ich die Liebsucht
und wünsch alsbald von dir, du weißt was, zu erhalten.

Ha! sprach sie, mein Herzlieb, du fühlest, was ich fühl;
doch willst du deinen Zweck zu treffen artlich zielen,
so komm her, sing ein Lied, sing und dann küß und spiel,
und dann will ich mit dir auch singen, küssen, spielen.

...

Ihr süßes Lied und Spiel, den Buhlern niemals lang,
ob es schon Abend war, hätt noch kaum aufgehöret,
wann, küssend noch, sie nicht der Leser Spiel, Gesang,
Laut-Jauchzen und Geschrei mit Lieb und Leid erhöret.

Aufspringet Florindo und nehmend bei der Hand
die Schönheit, die, liebreich, sein Herz und Seel regieret,
und ihm nun leuchtet heim durch ihrer Augen Brand,
hat er sie dem Volk nach, den Keltern zugeführet.

Hie krachet der Herbst-Karch unter dem vollen Faß,
da mit getretnem Saft die Leut die Bütten füllen:
dort lasset man schon ab, da man aus dem Vorlaß
erfrischet mit dem Most den Mund und den Mutwillen.

Hie tragen andre schon die Tröben in die Tret,
die neulich an dem Stock man lachen sah und scheinen,
da man sie zwinget dann, gleichsam auf dem Todbett,
mit allem Saft und Kraft ihr Letztes auszuweinen.

Hie, daß man leichtlich mög die Zuber durch den Schlauch
ausleeren in das Faß, seind noch die Keller offen:
Dort füllet man dem Faß durch Trichter seinen Bauch,
viel werden von dem Dampf, mehr von dem Wein besoffen.

Da sammelt sich noch, eh sie sich zu der Ruh
begaben, Florindo und sein Lieb mit den Lesern,
und andre Hirten mehr verfügten sich dazu,
die tanzend sangen laut ein Lied mit vollen Gläsern.

Heubarrn = Scheune; Hurt = Obstlege; Streichen = heftige Schläge; Klüpfel = Stampfer; Kelter-Baum = Stange zum Bewegen der Kelter; Wind-Stang = Stange, um die Winde zu drehen; Bracken- = Quetschstange; Häplein = Sichelmesser; Zain = Rutenkorb; Britschen = Schlegel, Patsche; Herbst-Karch = Erntekarren; Vorlaß = Saft, der vor dem Pressen ausläuft; Tröber = eingestampfte Trauben.

Georg Philipp Harsdörffer

Der Herbst
Lied

Nach der Stimme:
Herzlich tut mich verlangen etc.

Nun hebet an zu klagen die Hügel, Tal und Feld,
Es bringt viel Mißbehagen des rauhen Windes Kält:
Es fallen falbe Blätter
Und schweben in der Luft:
Den Schnee und Winterwetter
Der Norden-Stürmer ruft.

Es sind die kahlen Reben nun aller Zier beraubt,
Das Feld kann nichts mehr geben als Kohl und Krautehaupt:
Es bricht der trübe Regen
Mit starker Trift herein,
Man spüret aller Wegen
Den schwachen Sonnenschein.

Die reifen Früchte fallen, wann man sie nicht nimmt ab:
Die alten Menschen wallen hin zu dem Toten-Grab.
Das, was hat zugenommen
Bis auf gewisse Zeit,
Muß zu dem Ende kommen
In dieser Eitelkeit.

Wann wir die Äxte sehen den Bäumen angesetzt,
So ist es bald geschehen, daß er dardurch verletzt
Zu der entfärbten Erden
Sich neigend bricht und kracht;
Und muß er endlich werden
Dem Feuer zugebracht.

So müssen auch die alle, so sind ohn gute Frucht,
Sich fürchten vor dem Falle, das ist die Menschensucht.
Und wie der Baum gefället,
So liegt er fort und fort,
Der Böse wird gestellet
Dort in das Jammer-Ort.

So lasset uns bedenken, bei dieser Herbstes-Zeit,
Wie alle Ding erkränken und zu dem Tod bereit.
Daß wir noch länger leben,
Daß alles nicht ist aus,
Hat Gottes Gnad gegeben
Hier in der Welte Haus.

Christian Brehme

Auf einen Weinlese-Tag

Der Himmel brachte vor die purpurfarben Wangen:
Der Titan kame rauf, beschien die ganze Welt:
Die Wolken gingen hin in ihr verdunkelt Zelt,
Es wollte sich hierauf ein froher Tag anfangen.
Die rot und blanke Frucht stand gleich in bestem Prangen,
Da jener Töter Hand kam aufs erhobne Feld,
Schnitt ab die Reben-Pracht, so unsre Lust erhellt,
Woran die Gsundheit liegt und alle Kräfte hangen.

Catharina Regina von Greiffenberg

Auf die fruchtbringende Herbst-Zeit

Freud-erfüller, Früchte-bringer, vielbeglückter Jahres-Koch,
Grünung-, Blüh- und Zeitung-Ziel, werkbeseeltes Lust-
verlangen!
Lange Hoffnung ist in dir in die Tat-Erweisung gangen.
Ohne dich wird nur beschauet, aber nichts genossen noch.

Du Vollkommenheit der Zeiten! mache bald vollkommen doch,
Was von Blüh- und Wachstums-Kraft halbes Leben schon
empfangen.
Deine Wirkung kann allein mit der Werk-Vollziehung prangen.
Werter Zeiten-Schatz! ach! bringe jenes Blühen auch so hoch,

Schütt aus deinem reichen Horn hochverhoffte Freuden-Früchte.
Lieblich süßer Mund-Ergötzer! lab auch unsern Geist zugleich:
So erhebt mit jenen er deiner Früchte Ruhm-Gerüchte.

Zeitig die verlangten Zeiten in dem Oberherrschungs-Reich.
Laß die Anlaß-Kerne schwarz, Schickungs-Äpfel saftig werden:
Daß man Gottes Gnaden-Frücht froh genießt und ißt auf Erden.

Barthold Hinrich Brockes

Gedanken bei dem Fall der Blätter im Herbst

In einem angenehmen Herbst, bei ganz entwölktem heiterm Wetter,
Indem ich im verdünnten Schatten, bald Blätter-loser Bäume, geh,
Und des so schön gefärbten Laubes annoch vorhandnen Rest beseh,
Befällt mich schnell ein sanfter Regen, von selbst herabgesunkner Blätter.

Ein reges Schweben füllt die Luft. Es zirkelt, schwärmt und drehte sich,
Ihr bunt, sanft abwärts sinkend Heer; doch selten im geraden Strich.
Es schien die Luft, sich zu bemühn, den Schmuck, der sie bisher gezieret,
So lang es möglich, zu behalten, und hindert ihren schnellen Fall.
Hiedurch ward ihre leichte Last, im weiten Luft-Kreis überall,
In kleinen Zirkelchen bewegt, in sanften Wirbeln umgeführet,
Bevor ein jedes seinen Zweck, und seiner Mutter Schoß berühret;
Um sie, bevor sie aufgelöst, und sich dem Sichtlichen entrücken,
Mit Decken, die weit schöner noch, als persianische, zu schmücken.

Ich hatte diesem sanften Sinken, der Blätter lieblichem Gewühl,
Und dem dadurch, in heitrer Luft, erregten angenehmen Spiel,
Der bunten Tropfen schwebendem, im lindem Fall formiertem, Drehn,
Mit offnem Aug, und ernstem Denken, nun eine Zeitlang zugesehn;
Als ihr von dem geliebten Baum freiwilligs Scheiden (da durch Wind,
Durch Regen, durch den scharfen Nord, sie nicht herabgestreifet sind;
Nein, willig ihren Sitz verlassen, in ihren ungezwungnen Fällen)
Nach ernstem Denken, mich bewog, sie mir zum Bilde vorzustellen,
Von einem wohlgeführten Alter, und sanftem Sterben; Die hingegen,
Die, durch der Stürme strengen Hauch, durch scharfen Frost, durch schweren Regen,
Von ihren Zweigen abgestreift und abgerissen, kommen mir,
Wie Menschen, die durch Krieg und Brand und Stahl gewaltsam fallen, für.

Wie glücklich, dacht ich, sind die Menschen, die den freiwillgen Blättern gleichen,
Und, wenn sie ihres Lebens Ziel, in sanfter Ruh und Fried, erreichen;
Der Ordnung der Natur zufolge, gelassen scheiden, und erbleichen!

Leopold Friedrich Günther von Goeckingk

Herbstlied

Hu hu! wie kommt der Wind so kalt
Schon über die Stoppel gelaufen!
Wie färbet sich so gelb der Wald,
Und wie versammeln sich so bald
Die Schwalben zum Abzug in Haufen!

Die Wiese dampft, der Brocken braut
Und schüttelt, Schauer auf Schauer,
Den Regen ab; durch Nebel schaut
Die Sonn herab, wie eine Braut
Gehüllet in düstere Trauer.

Ein Heer von Drosseln kommt vom Rhein
Im Schimmer des Morgens gezogen;
Doch manche wird bei Hespers Schein
Bereits des Amtmanns Speise sein,
Durch rötliche Beeren betrogen.

Der Kantor sondert nun das Wachs
Vom goldgelben Honig der Scheiben;
Die Dirne sonnt den grauen Flachs,
Der Jäger gräbt, um Fuchs und Dachs
Hervor aus dem Baue zu treiben.

Wir suchen das Kamin nunmehr,
Ohn ewig aufs Wetter zu schmälen.
Ist unser eigner Kopf zu leer,
So soll Herr Mars von Land und Meer
Uns etwas Neues erzählen.

Süß mag es sein, fürs Vaterland
Als Held zu sterben mit Freuden!
Doch haben wir so viel Verstand,
Um Fürstengeiz und Vaterland
Ein wenig zu unterscheiden.

Laßt uns, bei dieser Schale Punsch,
Dem Himmel danken, ihr Lieben!
Daß wir, nach unsrer Jugend Wunsch,
Nicht da sind, wo die Schalen Punsch
Von Kugeln in Scherben zerstieben.

Johann Wolfgang von Goethe

Herbstgefühl

Fetter grüne, du Laub,
Am Rebengeländer
Hier mein Fenster herauf!
Gedrängter quellet,
Zwillingsbeeren, und reifet
Schneller und glänzend voller!
Euch brütet der Mutter Sonne
Scheideblick, euch umsäuselt
Des holden Himmels
Fruchtende Fülle;
Euch kühlet des Mondes
Freundlicher Zauberhauch,
Und euch betauen, ach!
Aus diesen Augen
Der ewig belebenden Liebe
Vollschwellende Tränen.

Friedrich Leopold von Stolberg

Die späten Herbstblumen

Liebliche Blümchen, die am kalten Busen
Noch das sterbende Jahr mit Liebe hegte,
Die Novembers rauschender, starrer Fittich
Schonend vorbeiflog:

Seid mir gesegnet, Blümchen! Ich verstehe
Euren winkenden Wunsch: ich will euch pflücken;
An den Herzen klopfender Unschuld, Blümchen,
Sollt ihr verblühen!

Duftet indessen süß, und lispelt freundlich
Diesen klopfenden Herzen sanfter Unschuld:
Daß der Freundschaft zärtliche Hand euch heute
Sorgsam gepflückt hat.

Johann Heinrich Voß

Der Herbstgang

Die Bäume stehn der Frucht entladen,
Und gelbes Laub verweht ins Tal;
Das Stoppelfeld in Schimmerfaden
Erglänzt am niedern Mittagsstrahl.
Es kreist der Vögel Schwarm und ziehet;
Das Vieh verlangt zum Stall und fliehet
Die magern Aun, vom Reife fahl.

O geh am sanften Scheidetage
Des Jahrs zu guter Letzt hinaus

Und nenn ihn Sommertag und trage
Den letzten schwer gefundnen Strauß.
Bald steigt Gewölk und schwarz dahinter
Der Sturm und sein Genoß, der Winter,
Und hüllt in Flocken Feld und Haus.

Ein weiser Mann, ihr Lieben, haschet
Die Freuden im Vorüberfliehn,
Empfängt, was kommt, unüberraschet,
Und pflückt die Blumen, weil sie blühn.
Und sind die Blumen auch verschwunden:
So steht am Winterherd umwunden
Sein Festpokal mit Immergrün.

Noch trocken führt durch Tal und Hügel
Der längstvertraute Sommerpfad.
Nur rötlich hängt am Wasserspiegel
Der Baum, den grün ihr neulich saht.
Doch grünt der Kamp von Winterkorne;
Doch grünt, beim Rot der Hagedorne
Und Spillbeern, unsre Lagerstatt!

So still an warmer Sonne liegend,
Sehn wir das bunte Feld hinan,
Und dort, auf schwarzer Brache pflügend,
Mit Lustgepfeif, den Ackersmann:
Die Krähn in frischer Furche schwärmen
Dem Pfluge nach und schrein und lärmen;
und dampfend zieht das Gaulgespann.

Natur, wie schön in jedem Kleide!
Auch noch im Sterbekleid wie schön!
Sie mischt in Wehmut sanfte Freude
Und lächelt tränend noch im Gehn.
Du, welkes Laub, das niederschauert,
Du, Blümchen, lispelst: Nicht getrauert!
Wir werden schöner auferstehn!

Johann Gaudenz von Salis-Seewis

Die Herbstnacht

Der Mond, umwallt von Wolken, schwimmt
Im feuchten Blau der Luft;
Der Forstteich, matt versilbert, glimmt
Durch zarten Nebelduft;
Die Glut, vom Hirtenkreis umwacht,
Verschwärzt, entflackernd, rings die Nacht;
Eintönig rollt vom Brunnenrohr
Der Wasserstrang, der sich verschlürft;
Und zarte, graue Schatten wirft
Schräghin das Kirchhoftor.

Das Netz der Zuggewölke schwillt
Zum Zelt des Blitzes auf;
Der Mond, in Wettergraun gehüllt,
Verschied nach halbem Lauf.
Des Irrlichts bläulich siecher Schein
Erlischt im Torf am Tannenhain.
Des Zeigers Goldblatt blinket matt,
Umflort von feuchtem Nebelrauch,
Und ängstlich zückt im Erlenstrauch
Sein letztes dürres Blatt.

Hier, wo aus langer Nacht empor
Sich die Betrachtung reißt,
Bedrückt das Herz ein Schwermutsflor;
Doch Frührot hellt den Geist.
Des Schicksals Wolken fliehn zerstreut;
Aus Dunkel strahlt die Herrlichkeit.
Der Unschuld Rose blüht bewährt,
Durch Stürme nicht des Dufts beraubt,
Da durch die Nacht der Tugend Haupt
Nur hehrer sich verklärt.

Durch Seelenkraft und festen Mut
Wird Wahn und Schmerz besiegt,
Der weise Glaube fühlt als gut,
Was Allmacht liebend fügt.
Ein Kind im Mutterschoße ruht
So achtlos bei der Blitze Glut.
Auf Pfade der Gelassenheit
Glänzt Hoffnung im Gewitterlicht;
Und in des Todes Blitz verflicht
Den Strahl – Unsterblichkeit!

Friedrich Hölderlin

Hälfte des Lebens

Mit gelben Birnen hänget
Und voll mit wilden Rosen
Das Land in den See,
Ihr holden Schwäne,
Und trunken von Küssen
Tunkt ihr das Haupt
Ins heilignüchterne Wasser.

Weh mir, wo nehm ich, wenn
Es Winter ist, die Blumen, und wo
Den Sonnenschein,
Und Schatten der Erde?
Die Mauern stehn
Sprachlos und kalt, im Winde
Klirren die Fahnen.

Der Herbst

Die Sagen, die der Erde sich entfernen,
Vom Geiste, der gewesen ist und wiederkehret,
Sie kehren zu der Menschheit sich, und vieles lernen
Wir aus der Zeit, die eilends sich verzehret.

Die Bilder der Vergangenheit sind nicht verlassen
Von der Natur, als wie die Tag verblassen
Im hohen Sommer, kehrt der Herbst zur Erde nieder,
Der Geist der Schauer findet sich am Himmel wieder.

In kurzer Zeit hat vieles sich geendet,
Der Landmann, der am Pfluge sich gezeiget,
Er siehet, wie das Jahr sich frohem Ende neiget,
In solchen Bildern ist des Menschen Tag vollendet.

Der Erde Rund mit Felsen ausgezieret
Ist wie die Wolke nicht, die abends sich verlieret,
Es zeiget sich mit einem goldnen Tage,
Und die Vollkommenheit ist ohne Klage.

Der Herbst

Das Glänzen der Natur ist höheres Erscheinen,
Wo sich der Tag mit vielen Freuden endet,
Es ist das Jahr, das sich mit Pracht vollendet,
Wo Früchte sich mit frohem Glanz vereinen.

Das Erdenrund ist so geschmückt, und selten lärmet
Der Schall durchs offne Feld, die Sonne wärmet
Den Tag des Herbstes mild, die Felder stehen
Als eine Aussicht weit, die Lüfte wehen

Die Zweig und Äste durch mit frohem Rauschen,
Wenn schon mit Leere sich die Felder dann vertauschen,
Der ganze Sinn des hellen Bildes lebet
Als wie ein Bild, das goldne Pracht umschwebet.

Siegfried Mahlmann

Herbstblick

Aus trüber Dämmrung blickt ein Strahl,
So trüb, als käm ers letzte Mal,
Als käm er nur, um zuzusehn,
Wie seine Lieben schlafen gehn!

Er blickt auf der Vollendung Staub,
Gefallne Blüten, welkes Laub,
Ein Bette, das zur langen Nacht
Die müde Welt sich seufzend macht.

– So sehn dereinst auch ich und du
Dem Welken unsrer Blüten zu;
So fällt auch unser Abschiedsblick
Einst aus der bessern Welt zurück.

Ludwig Tieck

Herbstlied

Feldeinwärts flog ein Vögelein,
Und sang im muntern Sonnenschein
Mit süßem wunderbarem Ton:
Ade! ich fliege nun davon,
Weit! weit!
Reis ich noch heut.

Ich horchte auf den Feldgesang,
Mir ward so wohl und doch so bang
Mit frohem Schmerz, mit trüber Lust
Stieg wechselnd bald und sank die Brust:
Herz! Herz!
Brichst du vor Wonn oder Schmerz?

Doch als ich Blätter fallen sah,
Da sagt ich: Ach! der Herbst ist da,
Der Sommergast, die Schwalbe, zieht,
Vielleicht so Lieb und Sehnsucht flieht,
Weit! weit!
Rasch mit der Zeit.

Doch rückwärts kam der Sonnenschein,
Dicht zu mir drauf das Vögelein,
Es sah mein tränend Angesicht
Und sang: die Liebe wintert nicht,
Nein! nein!
Ist und bleibt Frühlingesschein.

Luise Brachmann

Der Herbst

Schon gefallen sind die goldnen Ähren;
Nicht mehr darf in frischem Morgentau
Tiefer Rosenpurpur sich verklären;
Nicht mehr glüht und funkelt Wies und Au.

Leiser wehn die Lieder jetzt, die süßen,
Aus der Wälder bunt durchmischtem Grün;
Weißer Nebelduft entsteigt den Wiesen,
Welchen Morgenstrahlen leicht durchfliehn.

Und so schwebt, mit milderm Sonnenglänzen,
Jetzt der schöne Herbsttag lind empor;
An des Sommers glutbeflammten Grenzen
Wölbt er feierlich sein Siegertor.

Ja, er siegt! Der Höchste von den Preisen,
Er geziemt des Herbstes sanfter Macht;
Was der Frühling schmeichelnd süß verheißen,
Das erfüllt nur er mit Segenspracht.

Seht, wie funkeln aus den Laubgehegen
Süße Früchte, golden, purpurrot,
Duftig hold erquickend uns entgegen,
Wo nur Hoffnung Lenz und Sommer bot.

Nimm nun, schöner Götterjüngling, Gaben,
Lohn bewährten edleren Gefühls,
Was die Flügel nie erflogen haben,
Sieh dich jetzt im Glanz des schönen Ziels.

Dunkles Sehnen, unbestimmtes Schmachten
Schwellt der Herzen junge Frühlingswelt;
Höher ist und himmlischer zu achten,
Was die Treue zarter Hoffnung hält.

Seinen Anker hat dem frommen Glauben
Hier der Treue heilig Band bewahrt;
Nun geheiligt ist das Band der Tauben,
Und noch immer unschuldsvoll und zart.

Friedrich Gottlob Wetzel

Die letzten Herbstblumen

Brecht ihr noch so spat aus eurer Hülle?
Und den schönen Mai habt ihr verträumt,
Habt der lauen Lüfte Liebesfülle
Und den langen Sonnentag versäumt;
Ros und Lilie sind längst vergangen,
Welcher Traum hielt euch so lang befangen?

Nun vernehmt ihr rauher Stürme Wüthen
Für der Nachtigall beseelten Schlag;
Euer Frühling, spätgeborne Blüten,
Ist ein schauriger Novembertag;
Eure Blume wird der Nord verstreuen,
Ach, und keine Frucht wird euch erfreuen.

Kalter Regen gießt in schwarzen Bächen,
Und der Sonne wird man ungewohnt;
Scheint sie auch die Wolken zu durchbrechen,
Ist es nur ein kalter, bleicher Mond;
Und ihr werdet wiederum vergehen,
Arme, habt die Sonne nicht gesehen!

Habt gesehen nicht die heilgen Sterne,
Keinen Blick nach oben licht und hehr!
Nirgend, nirgend eine heitre Ferne;
Ach, die Welt hat keinen Himmel mehr!
Und erstorben, starrkalt ist die Erde,
Arme, daß kein Tröpflein Saft euch werde.

Wäret ihr daheim, daheim geblieben,
Bis der neue Frühling sich erhebt;
Einmal nur ward uns gesetzt zu lieben,
Ach, nur einmal, einmal wird gelebt –
Ewig geht die Flut zum Meere nieder,
Und was da gewesen, kommt nicht wieder!

Adalbert von Chamisso

Im Herbst

Niedrig schleicht blaß hin die entnervte Sonne,
Herbstlich goldgelb färbt sich das Laub, es trauert
Rings das Feld schon nackt, und die Nebel ziehen
Über die Stoppeln.

Sieh, der Herbst schleicht her, und der arge Winter
Schleicht dem Herbst bald nach, es erstarrt das Leben;
Ja, das Jahr wird alt, wie ich alt mich fühle
Selber geworden!

Gute, schreckhaft siehst du mich an, erschrick nicht;
Sieh, das Haupthaar weiß, und des Auges Sehkraft
Abgestumpft; warm schlägt in der Brust das Herz zwar,
Aber es friert mich!

Naht der Unhold, laß mich ins Aug ihm scharf sehn:
Wahrlich, Furcht nicht flößt er mir ein, er komme,
Nicht bewußtlos raff er mich hin, ich will ihn
Sehen und kennen.

Laß den Wermutstrank mich, den letzten, schlürfen,
Nicht ein Leichnam längst, ein vergeßner, schleichen,
Wo ich markvoll einst in den Boden Spuren
Habe getreten.

Ach! ein Blutstrahl quillt aus dem lieben Herzen:
Fasse Mut, bleib stark! Es vernarbt die Wunde,
Rein und liebwert hegst du mein Bild im Herzen,
Nimmer vergänglich.

Karl Mayer

Herbstesstille

Zeitlos ist dein Name, süße Blume,
Späte, Herbstliche, zum Eigentume
Nimmst du friedlich alle Wiesen hin.
Und gelagert seh ich schon hinieden
Stillen, süßen, zeitentrückten Frieden,
Rosig, liebegrünend vor den Sinn.

Ist dies irdische schon Himmelsschweigen?
Will sich etwa schon herüberneigen
Beßrer Welten ewig sanftes Glück?
Mag es irdisch, himmlisch mich umwehen,
Zeit verrinnen, Ewiges erstehen,
Feiernd kehrt mein Geist in Gott zurück.

Ludwig Uhland

Im Herbste

Seid gegrüßt mit Frühlingswonne
Blauer Himmel, goldne Sonne!
Drüben auch aus Gartenhallen
Hör ich frohe Saiten schallen.

Ahnest du, o Seele, wieder
Sanfte, süße Frühlingslieder?
Sieh umher die falben Bäume!
Ach! es waren holde Träume.

Josef von Eichendorff

Herbstklage

Herbstnebel ziehn über den Weiher,
Das ist recht des Todes Bild!
Und tagelang sinnet der Reiher
Am Ufer dort einsam wild.

Mein Liebchen das hat mich verlassen,
Die Freunde sind alle weit,
Und Garten und Wälder erblassen
Und singen von tiefem Leid.

Verschneit liegt bald alles darnieder,
Wir selber wir werden alt
Und kennen einander nicht wieder,
Verkümmert, zerstreut und kalt. –

Zum Wald denn! da raset lautschallend
Das Horn durch des Windes Schrein,
Da krachen die Wipfel, und fallen
Zum Abgrund Strom, Baum und Stein.

Und Schneewolken jagts übern Weiher,
Die Windsbraut singt ihren Gruß,
Rasch stürzt in den Strom sich der Reiher –
Ach, daß ich hier stehen muß!

Im Herbst

Der Wald wird falb, die Blätter fallen,
Wie öd und still der Raum!
Die Bächlein nur gehn durch die Buchenhallen
Lind rauschend wie im Traum,
Und Abendglocken schallen
Fern von des Waldes Saum.

Was wollt ihr mich so wild verlocken
In dieser Einsamkeit?
Wie in der Heimat klingen diese Glocken
Aus stiller Kinderzeit –
Ich wende mich erschrocken,
Ach, was mich liebt, ist weit!

So brecht hervor nur, alte Lieder,
Und brecht das Herz mir ab!
Noch einmal grüß ich aus der Ferne wieder,
Was ich nur Liebes hab,
Mich aber zieht es nieder
Vor Wehmut wie ins Grab.

Herbstweh

1

So still in den Feldern allen,
Der Garten ist lange verblüht,
Man hört nur flüsternd die Blätter fallen,
Die Erde schläfert – ich bin so müd.

2

Es schüttelt die welken Blätter der Wald,
Mich friert, ich bin schon alt,
Bald kommt der Winter und fällt der Schnee,
Bedeckt den Garten und mich und alles, alles Weh.

Friedrich Rückert

Herbstlieder.

1.

Schön im goldnen Ährenkranz
Hat der Sommer uns geblüht;
Flüchtig kreist des Jahres Tanz,
Und der Sommer flieht.

Hascht den letzten Sonnenstrahl,
Der aus düstrer Wolke dringt,
Eh sie euch zum letztenmal
Neidisch ihn verschlingt.

Brecht die Blum am Wiesenquell,
Die noch trinkt das matte Licht,
Brüder, brecht die Blume schnell,
Eh ein Frost sie bricht.

Traut dem nächsten Lenze nicht,
Der die Blumen neu erweckt;
Wißt ihr, ob im Lenze nicht
Erde schon euch deckt?

In den dunklen Schoß hinab
Dringt kein Gruß der Frühlingsluft,
Und die Blum auf eurem Grab
Ist euch ohne Duft.

2.

Vöglein hat sich heiser gesungen,
Lämmlein hat sich müde gesprungen,
Röslein hat sich zu Tode geglüht,
Auch die Lieb ist verblüht.

3.

So oft der Herbst die Rosen stahl,
Ich weiß nicht, wies entsprungen,
Doch ist mir hell noch jedesmal
Ein Frühlingslied entklungen.

Der Frühling, der vorüberfuhr,
Und der aus Zukunft winket,
Die beiden werden einer nur,
Des Glanz mein Herz durchblinket.

So hoff' ich, wenn den Lebensbaum
Des Alters Hauch entlaubet,
Nicht soll ein goldner Jugendtraum
Dem Herzen sein geraubet.

Die Jugend, die vorüberfuhr,
Wird sich im Liede paaren
Mit jener, die auf Edens Flur
Nicht wird vorüberfahren.

4.

Das Grün des Frühlings mühte
Sich mit vergebnen Mühn
Ganz aufzugehn in Blüte,
In Gold und Purpurglühn.

Ein Gold- und Purpurschimmer
Wob drüber nur, doch blieb
Darunter eben immer
Der grüne dunkle Trieb.

Was nicht dem Lenz gelungen
Am grünen Lebensstrauch,
Das hat der Herbst errungen
Mit seinem Todeshauch.

Nicht einzle Purpurdolden,
Nicht goldne Sternlein matt:
Der ganze Wald ist golden,
Und Purpur jedes Blatt.

Doch wie die Herbstluft schauert,
Zu Boden sinkt der Glanz;
Denn lauter Blüte dauert
Nicht ohne Grün im Kranz.

5.

Herz, nun so alt und noch immer nicht klug,
Hoffst du von Tagen zu Tagen,
Was dir der blühende Frühling nicht trug,
Werde der Herbst dir noch tragen!

Läßt doch der spielende Wind nicht vom Strauch,
Immer zu schmeicheln, zu kosen.
Rosen entfaltet am Morgen sein Hauch,
Abends verstreut er die Rosen.

Läßt doch der spielende Wind nicht vom Strauch,
Bis er ihn völlig gelichtet.
Alles, o Herz, ist ein Wind und ein Hauch,
Was wir geliebt und gedichtet.

6.

Auf entlaubten Fluren,
Unterm Schimmer schwach,
Geh ich leisen Spuren
Früherer Freuden nach.

Herbst, wie bist du schaurig
Ohne Sonnenschein,
Wenn der Himmel traurig
Auf dich blickt herein!

Herbst, wie bist du milde,
Wenn der Lüfte Glanz
Dämmerndem Gefilde
Webt den Strahlenkranz!

Freundlich blickt die Sonne,
Und mein dumpfer Mut
Wird zu sanfter Wonne,
Wie die Schöpfung ruht.

Ich bin abgestorben,
Liebe Flur, wie du,
Und wie du erworben
Hab ich heitre Ruh.

7.

Fuhren wir herab den Main,
Still und frohgemut,
Lag des Abends heller Schein
Vor uns auf der Flut.

Immer auf den hellen Schein
Geht der Nachen zu,
Treten wird er nun hinein
In dem nächsten Nu.

Aber weiter rückt der Schein
Stets von Ort zu Ort,
Und die Fahrt ihm hinterdrein
Geht im Dunkel fort.

8.

Auf Wegen, die ich täglich gehe,
Gelang ich hie und da zu einem Platz,
Wo ich nachdenkend stille stehe,
Als ob mir da begraben lieg ein Schatz:
Da denk ich, wie vor Jahren Dichterträume
Mir hier vergoldeten die Räume,
Wo jetzt die welken Blätter sind,
Die untern Fuß mir streut der Wind
Des Herbstes von den Wipfeln kahler Bäume.

9.

Fahr wohl,
O Vöglein, das nun wandern soll;
Der Sommer fährt von hinnen,
Du willst mit ihm entrinnen:
Fahr wohl, fahr wohl!

Fahr wohl,
O Blättlein, das nun fallen soll;
Dich hat rot angestrahlet
Der Herbst im Tod gemalet:
Fahr wohl, fahr wohl!

Fahr wohl,
O Leben, das nun sterben soll,
Nicht sterben kann das Leben,

Wird neu der Gruft entschweben;
Fahr wohl, fahr wohl!

Fahr wohl,
In langen Winternächten soll
Mein Geist nun schaun im Traume,
Was sonst mein Aug im Raume;
Fahr wohl, fahr wohl!

Fahr wohl,
All Liebes, das nun scheiden soll!
Und ob es so geschehe,
Daß ich nicht mehr dich sehe,
Fahr wohl, fahr wohl,
Fahr wohl!

10.

Die Schwalbe kam geflogen;
Kaum hatt ich sie gesehn,
So ist sie weggezogen
In rauher Lüfte Wehn.

Sie grüßte mich verstohlen,
Wie soll ich es verstehn?
Es klang wie »Gott befohlen!«
Nicht wie »Auf Wiedersehn!«

11.

Du, dieses Jahres Abend, Herbst,
Sei meines Lebensabends Bild!
Wie langsam du den Hain entfärbst,
Und deine Sonn ist frühlingsmild:
Es lacht das grünende Gefild
Tief im Oktober ohne Frost,
Und in der Traube schwillt der Most,
Wie in der Brust Begeistrung schwillt.

Annette von Droste-Hülshoff

Herbst

Wenn ich an einem schönen Tag
Der Mittagsstunde habe acht
Und lehne unter meinem Baum
So mitten in der Trauben Pracht;

Wenn die Zeitlose übers Tal
Den amethystnen Teppich webt,
Auf dem der letzte Schmetterling
So schillernd wie der frühste bebt:

Dann denk ich wenig drüber nach,
Wies nun verkümmert Tag für Tag,
Und kann mit halbverschloßnem Blick
Vom Lenze träumen und von Glück.

Du mit dem frischgefallnen Schnee,
Du tust mir in den Augen weh!
Willst uns den Winter schon bereiten?
Von Schlucht zu Schlucht sieht man ihn gleiten,
Und bald, bald wälzt er sich herab
Von dir, o Säntis! ödes Grab!

Heinrich Heine

Spätherbstnebel, kalte Träume

Spätherbstnebel, kalte Träume,
Überfloren Berg und Tal,
Sturm entblättert schon die Bäume,
Und sie schaun gespenstisch kahl.

Nur ein einzger, traurig schweigsam
Einzger Baum steht unentlaubt,
Feucht von Wehmutstränen gleichsam,
Schüttelt er sein grünes Haupt.

Ach, mein Herz gleicht dieser Wildnis,
Und der Baum, den ich dort schau
Sommergrün, das ist dein Bildnis,
Vielgeliebte, schöne Frau!

Luise Hensel

Herbststimmung
(Einem fernen kranken Freunde)

Ade, ihr Blumen! müßt nun all verderben,
Der Rose Pracht ist lange schon verglüht;
Bald neigte die Lilie sich zum Sterben,
Dann sind die duftgen Nelken auch verblüht.

Wie sind so wenig Blumen noch zu sehen
Von all dem bunten, fröhlichen Gewühl,
Und die auch müssen alle bald vergehen:
Es weht vom Abend her so herbstlich kühl.

Die blasse Sonne will noch einmal grüßen,
Sie kann vor Wehmut nicht, sie hüllt sich ein.
Dürft ich wie sie das müde Auge schließen!
Wie muß doch sterben gar so selig sein.

Wir irren, träumen, suchen viel hienieden,
Und eh wirs ahnen, kommt das Abendrot,
Dann lächeln wir und folgen ihm in Frieden,
Dem Heimatboten, ja, dem ernsten Tod. –

Du, treuer Bruder, in der blauen Ferne,
Ist dir wie mir so herbstlich und so weh?
Wie denk ich dein in stiller Wehmut gerne,
Du reife Seele! denke mein, ade! –

Nikolaus Lenau

Herbstgefühl

Der Buchenwald ist herbstlich schon gerötet,
So wie ein Kranker, der sich neigt zum Sterben,
Wenn flüchtig noch sich seine Wangen färben,
Doch Rosen sinds, wobei kein Lied mehr flötet.

Das Bächlein zieht und rieselt, kaum zu hören,
Das Tal hinab, und seine Wellen gleiten,
Wie durch das Sterbgemach die Freunde schreiten,
Den letzten Traum des Lebens nicht zu stören.

Ein trüber Wandrer findet hier Genossen,
Es ist Natur, der auch die Freuden schwanden,
Mit seiner ganzen Schwermut einverstanden,
Er ist in ihre Klagen eingeschlossen.

Herbstentschluss

Trübe Wolken, Herbstesluft,
Einsam wandl' ich meine Straßen,
Welkes Laub, kein Vogel ruft –
Ach, wie stille! wie verlassen!

Todeskühl der Winter naht;
Wo sind, Wälder, eure Wonnen?
Fluren, eurer vollen Saat
Goldne Wellen sind verronnen!

Es ist worden kühl und spät,
Nebel auf der Wiese weidet,
Durch die öden Haine weht
Heimweh; – alles flieht und scheidet.

Herz, vernimmst du diesen Klang
Von den felsentstürzten Bächen?
Zeit gewesen wär es lang,
Daß wir ernsthaft uns besprächen!

Herz, du hast dir selber oft
Wehgetan und hast es andern,
Weil du hast geliebt, gehofft;
Nun ists aus, wir müssen wandern!

Auf die Reise will ich fest
Ein dich schließen und verwahren,
Draußen mag ein linder West
Oder Sturm vorüberfahren;

Daß wir unsern letzten Gang
Schweigsam wandeln und alleine,
Daß auf unsern Grabeshang
Niemand als der Regen weine!

Eduard Mörike

Septembermorgen

Im Nebel ruhet noch die Welt,
Noch träumen Wald und Wiesen:
Bald siehst du, wenn der Schleier fällt,
Den blauen Himmel unverstellt,
Herbstkräftig die gedämpfte Welt
In warmem Golde fließen.

Die Herbstfeier

Auf! im traubenschwersten Tale
Stellt ein Fest des Bacchus an!
Becher her und Opferschale!
Und des Gottes Bild voran!
Flöte mit Gesang verkünde
Gleich des Tages letzten Rest,
Mit dem Abendstern entzünde
Sich auch unser Freudenfest!

Braune Männer, schöne Frauen
Soll man hier versammelt sehn;
Greise auch, die ehrengrauen,
Dürfen nicht von ferne stehn;
Knaben, so die Krüge füllen,
Und, daß er vollkommen sei,
Treten zögernd auch die stillen
Mädchen unserm Kranze bei.

Noch ist vor der nahen Feier
Süß beklommen manche Brust,
Aber weiter bald und freier
Übergibt sie sich der Lust.
Taut euch nicht wie Frühlingsregen
Lieblicher Gedankenschwarm?
Erdenleben, laß dich hegen,
Uns ist wohl in deinem Arm!

Wahrlich und schon mit Entzücken
Ist der Gott im vollen Lauf,
Schließt vor den erwärmten Blicken
Seine goldnen Himmel auf.
Amor auch hat nichts dawider,
Wenn sich Wang an Wange neigt,
Und der Mund, im Takt der Lieder,
Sich dem Mund entgegen beugt.

Mädchen! schlingt die wildsten Tänze!
Reißt nur euren Kranz entzwei!
Ohne Furcht, denn solche Kränze
Flicht man immer wieder neu;
Doch den andern, den ich meine,
Nehmt, ihr Zärtlichen, in acht!
Und zumal im Mondenscheine,
Und zumal in solcher Nacht.

Laßt mir doch den Alten machen,
Der sich dort zum Korbe bückt
Und den Krug mit hellem Lachen
Kindisch an die Wange drückt!
Wie sein kleiner Sohn geschäftig
Sorge um den Zecher trägt
Und ihm mit der Fackel kräftig
Den gekrümmten Rücken schlägt!

Aber schaut nach dem Gebüsche,
Wo gedrungner Efeu webt,
Wie sich dort das träumerische
Marmorbild des Gottes hebt!
Lasset uns ihm näher treten,
Schließt mit Fackeln einen Kreis!
Flehet zu ihm in Gebeten,
Doch geheimnisvoll und leis!

Wie er lächelnd abwärts blicket!
Er besinnet sich nur kaum.
Herrlicher! dein Auge nicket,
Doch dies alles ist kein Traum;
Luna sucht mit frommer Leuchte
Dich, o schöner Jüngling, hier,
Schöpfet zärtlich ihre feuchte
Klarheit auf die Stirne dir.

Wie der Menschen, so der Götter
Liebster Liebling heißest du:
Selber Zeus rief seinem Retter
Herzliches Willkommen zu;
Dumpf ist des Olympus Dröhnen,
Aber wie melodisch Gold
Muß sein starres Erz ertönen,
Wenn dein Thyrsus auf ihm rollt.

Und eh Mars im Kriegerschwarme
Sich zur Ebne niederläßt,
Schließet er in seine Arme
Dich, wie die Geliebte, fest,
Fühlet nun an Göttermarke
Sich gedoppelt einen Gott,
Und es brüllt der Himmlisch-Arge
Todeslust und Siegerspott.

Wie dir alle dienen müssen,
Schmiegt auch Eros' hohe Macht
Leise tot sich dir zu Füßen,
Oder schauert auf und wacht.
Und Apollo mit der Leier
Rufet Welt und Sternenbahn
Gern aus dem verklärten Feuer
Deines holden Wahnes an.

Vater! soll, zur Wut erhoben,
Jetzo mit zerschlagner Brust
Die Mänade um dich toben?
Fluchst du unsrer keuschen Lust?
Gib, o Fürst, gib uns ein Zeichen,
Daß wir deine Kinder sei'n!
Wundertäter ohnegleichen,
Laß ein Wunder uns erfreun!

Tritt in unsre bunte Mitte,
Oder winke mit der Hand,
Wandle drei gemeßne Schritte
Längs der hohen Rebenwand!
– Ach, er läßt sich nicht bewegen . . .
Aber, horcht, es bebt das Tal!
Ja, das ist von Donnerschlägen:
Horch, und schon zum drittenmal!

Selber Zeus hat nun geschworen,
Daß sein Sohn uns günstig sei.
So ist kein Gebet verloren,
So ist der Olymp getreu.
– Doch nach solcher Götterfülle
Ungestümen Überschwang
Werden alle Herzen stille,
Alle Gäste zauberbang.

Stimmet an die letzten Lieder!
Und so, Paar an Paar gereiht,
Steiget nun zum Fluß hernieder,
Wo ein festlich Schiff bereit.
Auf dem vordern Rand erhebe
Sich der Gott und führ uns an,
Und der Kiel, mit Flüstern, schwebe
Durch die mondbeglänzte Bahn!

Friedrich Hebbel

Herbstbild

Dies ist ein Herbsttag, wie ich keinen sah!
Die Luft ist still, als atmete man kaum,
Und dennoch fallen raschelnd, fern und nah,
Die schönsten Früchte ab von jedem Baum.
O stört sie nicht, die Feier der Natur!
Dies ist die Lese, die sie selber hält,
Denn heute löst sich von den Zweigen nur,
Was vor dem milden Strahl der Sonne fällt.

Theodor Storm

Herbst

Schon ins Land der Pyramiden
Flohn die Störche übers Meer;
Schwalbenflug ist längst geschieden,
Auch die Lerche singt nicht mehr.

Seufzend in geheimer Klage
Streift der Wind das letzte Grün;
Und die süßen Sommertage,
Ach, sie sind dahin, dahin!

Nebel hat den Wald verschlungen,
Der dein stillstes Glück gesehn;
Ganz in Duft und Dämmerungen
Will die schöne Welt vergehn.

Nur noch einmal bricht die Sonne
Unaufhaltsam durch den Duft,
Und ein Strahl der alten Wonne
Rieselt über Tal und Kluft.

Und es leuchten Wald und Heide,
Daß man sicher glauben mag,
Hinter allem Winterleide
Lieg ein ferner Frühlingstag.

Theodor Fontane

O trübe diese Tage nicht

O trübe diese Tage nicht,
Sie sind der letzte Sonnenschein;
Wie lange, und es lischt das Licht,
Und unser Winter bricht herein.

Dies ist die Zeit, wo jeder Tag
Viel Tage gilt in seinem Wert,
Weil mans nicht mehr erhoffen mag,
Daß *so* die Stunde wiederkehrt.

Die Flut des Lebens ist dahin,
Es ebbt in seinem Stolz und Reiz,
Und sieh, es schleicht in unsern Sinn
Ein banger, nie gekannter Geiz;

Ein süßer Geiz, der Stunden zählt
Und jede prüft auf ihren Glanz –
O sorge, daß uns keine fehlt,
Und gönn uns jede Stunde *ganz*.

Herbstmorgen

Die Wolken ziehn, wie Trauergäste,
Den Mond still-abwärts zu geleiten,
Der Wind durchfegt die starren Äste
Und sucht ein Blatt aus beßren Zeiten.

Schon flattern in der Luft die Raben,
Des Winters unheilvolle Boten;
Bald wird er tief in Schnee begraben
Die Erde, seinen großen Toten.

Ein Bach läuft hastig mir zur Seite;
Es bangt ihn vor des Eises Ketten,
Drum stürzt er fort und sucht das Weite,
Als könnt ihm Flucht das Leben retten.

Da mocht ich länger nicht inmitten
So todesnaher Öde weilen;
Es trieb mich fort, mit hastgen Schritten
Dem flüchtgen Bache nachzueilen.

Herbstgefühl

Rot und gelbe Herbsteslehnen
An der Berge blauem Joch,
Und wie Frühlingsgruß und Sehnen
Astern blühen und Verbenen,
Aber ach, wie lange noch?!

Und aus dunkeltiefer Stelle
Unter Schäumen und Gepoch
An des Tages heitre Helle
Bricht hervor die Waldesquelle,
Aber ach, wie lange noch?!

Und so schwindet hin das Leben,
Schwindet, und du liebst es doch.
Wieder regt sich Stolz und Streben,
Und der *Wunsch* kommt auf daneben –
Aber ach, wie lange noch?!

Conrad Ferdinand Meyer

Fülle

Genug ist nicht genug! Gepriesen werde
Der Herbst! Kein Ast, der seiner Frucht entbehrte!
Tief beugt sich mancher allzureich beschwerte,
Der Apfel fällt mit dumpfem Laut zur Erde.

Genug ist nicht genug! Es lacht im Laube!
Die saftge Pfirsche winkt dem durstgen Munde!
Die trunknen Wespen summen in die Runde:
»Genug ist nicht genug!« um eine Traube.

Genug ist nicht genug! Mit vollen Zügen
Schlürft Dichtergeist am Borne des Genusses,
Das Herz, auch es bedarf des Überflusses,
Genug kann nie und nimmermehr genügen!

Novembersonne

In den ächzenden Gewinden
Hat die Kelter sich gedreht,
Unter meinen alten Linden
Liegt das Laub hoch aufgeweht.

Dieser Erde Werke rasten,
Schon beginnt die Winterruh –
Sonne, noch mit unverblaßten
Goldnen Strahlen wanderst du!

Ehe sich das Jahr entlaubte,
Gingen, traun, sie müßig nie,
Nun an deinem lichten Haupte
Flammen unbeschäftigt sie.

Erst ein Ackerknecht, ein Schnitter,
Und ein Traubenkoch zuletzt,
Bist du nun der freie Ritter,
Der sich auf der Fahrt ergetzt.

Und die Schüler, zu den Bänken
Kehrend, grüßen jubelvoll,
Hingelagert vor den Schenken,
Dich als Musengott Apoll.

Detlev von Liliencron

In Herbstestagen bricht mit starkem Flügel

In Herbstestagen bricht mit starkem Flügel
Der Reiher durch den Nebelduft.
Wie still es ist; kaum hör ich um den Hügel
Noch einen Laut in weiter Luft.

Auf eines Birkenstämmchens schwanker Krone
Ruht sich ein Wanderfalke aus.
Doch schläft er nicht, von seinem leichten Throne
Äugt er durchdringend scharf hinaus.

Der alte Bauer mit verhaltnem Schritte
Schleicht neben seinem Wagen Torf.
Und holpernd, stolpernd schleppt mit lahmem Tritte
Der alte Schimmel ihn ins Dorf.

Friedrich Nietzsche

Vereinsamt

Die Krähen schrein
Und ziehen schwirren Flugs zur Stadt:
Bald wird es schnein –
Wohl dem, der jetzt noch – Heimat hat!

Nun stehst du starr,
Schaust rückwärts, ach! wie lange schon!
Was bist du Narr
Vor Winters in die Welt – entflohn?

Die Welt ein Tor
Zu tausend Wüsten stumm und kalt!
Wer das verlor,
Was du verlorst, macht nirgends halt.

Nun stehst du bleich,
Zur Winter-Wanderschaft verflucht,
Dem Rauche gleich,
Der stets nach kältern Himmeln sucht.

Flieg, Vogel, schnarr
Dein Lied im Wüsten-Vogel-Ton! –
Versteck, du Narr,
Dein blutend Herz in Eis und Hohn!

Die Krähen schrein
Und ziehen schwirren Flugs zur Stadt:
Bald wird es schnein –
Weh dem, der keine Heimat hat!

Der Herbst

Dies ist der Herbst:
der – bricht dir noch das Herz!
Flieg fort! flieg fort!
Die Sonne schleicht zum Berg
und steigt und steigt.
Und ruht bei jedem Schritt.

Was ward die Welt so welk!
Auf müd gespannten Fäden spielt
der Wind sein Lied:
die Hoffnung floh,
er klagt ihr nach…

Dies ist der Herbst:
der – bricht dir noch das Herz!
Flieg fort! flieg fort! –
O Frucht des Baums,
du zitterst, fällst!
Welch ein Geheimnis lehrte dich
die Nacht,
daß eisger Schauder deine Wange,
die Purpur-Wange deckt? –

Du schweigst? antwortest nicht?
Wer redet noch?

Dies ist der Herbst:
der – bricht dir noch das Herz!
Flieg fort! flieg fort!
»Ich bin nicht schön«
– so spricht die Sternenblume ,
»doch Menschen lieb ich
»und Menschen tröst ich:
»sie sollen jetzt noch Blumen sehn,
»nach mir sich bücken,
»ach, und mich brechen:
»in ihrem Auge glänzt dann
»*Erinnerung an Schöneres als ich*,
»Erinnerung an Glück, an Menschen-Glück: –
»– ich sehs, ich sehs, und sterbe so!« –

Ricarda Huch

November

Das Licht erlischt.
Die Nacht wird lang, es wachsen die Schatten,
Der Wald wird kahl, leer werden die Matten.
Wir essen Asche, ins tägliche Brot gemischt. –
Das Licht erlischt.

Das Licht ist tot.
Still sind die einst so fröhlichen Gassen,
Wieviel haben uns auf immer verlassen,
Die am Tisch mit uns saßen, mit uns brachen das Brot! –
Das Licht ist tot.

Das Herz ist schwer.
Wo sind, die vor uns dahingegangen?
Das Licht am Himmel wird neu erprangen,
Die toten Menschen kommen nie mehr, – nie mehr. –
Das Herz ist schwer.

Else Lasker-Schüler

Herbst

Ich pflücke mir am Weg das letzte Tausendschön...
Es kam ein Engel mir mein Totenkleid zu nähen –
Denn ich muß andere Welten weiter tragen.

Das ewige Leben *dem*, der viel von Liebe weiß zu sagen.
Ein Mensch der *Liebe* kann nur auferstehen!
Haß schachtelt ein! wie hoch die Fackel auch mag schlagen.

Ich will dir viel viel Liebe sagen –
Wenn auch schon kühle Winde wehen,
In Wirbeln sich um Bäume drehen,
Um Herzen, die in ihren Wiegen lagen.

Mir ist auf Erden weh geschehen ...
Der Mond gibt Antwort dir auf deine Fragen.
Er sah verhängt mich auch an Tagen,
Die zaghaft ich beging auf Zehen.

Christian Morgenstern

Blätterfall

Der Herbstwald raschelt um mich her ...
Ein unabsehbar Blättermeer
entperlt dem Netz der Zweige.
Du aber, dessen schweres Herz
mitklagen will den großen Schmerz –
sei stark, sei stark und schweige!

Du lerne lächeln, wenn das Laub,
dem leichten Wind ein leichter Raub,
hinabschwankt und verschwindet.
Du weißt, daß just Vergänglichkeit
das Schwert, womit der Geist der Zeit
sich selber überwindet.

Karl Kraus

Verwandlung

Stimme im Herbst, verzichtend über dem Grab
auf deine Welt, du blasse Schwester des Monds,
süße Verlobte des klagenden Windes,
schwebend unter fliehenden Sternen –

raffte der Ruf des Geists dich empor zu dir selbst?
nahm ein Wüstensturm dich in dein Leben zurück?
Siehe, so führt ein erstes Menschenpaar
wieder ein Gott auf die heilige Insel!

Heute ist Frühling. Zitternder Bote des Glücks,
kam durch den Winter der Welt der goldene Falter.
Oh knieet, segnet, hört, wie die Erde schweigt.
Sie allein weiß um Opfer und Träne.

Rainer Maria Rilke

Herbst

Die Blätter fallen, fallen wie von weit,
als welkten in den Himmeln ferne Gärten;
sie fallen mit verneinender Gebärde.

Und in den Nächten fällt die schwere Erde
aus allen Sternen in die Einsamkeit.

Wir alle fallen. Diese Hand da fällt.
Und sieh dir andre an: es ist in allen.

Und doch ist Einer, welcher dieses Fallen
unendlich sanft in seinen Händen hält.

Herbsttag

Herr: es ist Zeit. Der Sommer war sehr groß.
Leg deinen Schatten auf die Sonnenuhren,
und auf den Fluren laß die Winde los.

Befiel den letzten Früchten voll zu sein;
gieb ihnen noch zwei südlichere Tage,
dränge sie zur Vollendung hin und jage
die letzte Süße in den schweren Wein.

Wer jetzt kein Haus hat, baut sich keines mehr.
Wer jetzt allein ist, wird es lange bleiben,
wird wachen, lesen, lange Briefe schreiben
und wird in den Alleen hin und her
unruhig wandern, wenn die Blätter treiben.

Spätherbst in Venedig

Nun treibt die Stadt schon nicht mehr wie ein Köder,
der alle aufgetauchten Tage fängt.
Die gläsernen Paläste klingen spröder
an deinen Blick. Und aus den Gärten hängt

der Sommer wie ein Haufen Marionetten
kopfüber, müde, umgebracht.
Aber vom Grund aus alten Waldskeletten
steigt Willen auf: als sollte über Nacht

der General des Meeres die Galeeren
verdoppeln in dem wachen Arsenal,
um schon die nächste Morgenluft zu teeren

mit einer Flotte, welche ruderschlagend
sich drängt und jäh, mit allen Flaggen tagend,
den großen Wind hat, strahlend und fatal.

Herbst

Oh hoher Baum des Schauns, der sich entlaubt:
nun heißts gewachsen sein dem Übermaße
von Himmel, das durch seine Äste bricht.
Erfüllt vom Sommer, schien er tief und dicht,
uns beinah denkend, ein vertrautes Haupt.
Nun wird sein ganzes Innere zur Straße
des Himmels. Und der Himmel kennt uns nicht.

Ein Äußerstes: daß wir wie Vogelflug
uns werfen durch das neue Aufgetane,
das uns verleugnet mit dem Recht des Raums,
der nur mit Welten umgeht. Unsres Saums
Wellen-Gefühle suchen nach Bezug
und trösten sich im Offenen als Fahne –
. . . .
Aber ein Heimweh meint das Haupt des Baums.

Gertrud von le Fort

Herbstlicher Sturm

Wenn aber dieser herbstliche Sturm des Schicksals,
Dieser ruchlose Sturm, der rings die Ernten
Tausendjährigen Wachstums bleicht und entwurzelt,
Auch nach dem Kleinod unsres Inneren griffe,
Daß wir uns selbst ablegen sollten wie ein zu eitles Geschmeide
Und alles Ich und Du, alles innigste Eigen
Wie Flugsand wäre, verweht in die Wüste der Massen:

Wie wird sich dann aus unsren Tiefen erheben
Die mächtige Einsamkeit, diese urgewaltge,
Heimliche Herrscherin auch der glückseligsten Stunde,
Wie furchtlos wird sie
Über die Schwellen ihrer Verborgenheit schreiten,
Und wie gelassen
Dem Sturm ihre Stirne bieten –
Wie liebreich wird uns ihr gefürchtetes Antlitz erscheinen
Und o wie sanft ihre strenge Hand
Wenn sie die unsere löst
Aus der Verflochtenheit der dichten Gedränge
Und uns hinuntergeleitet, hinuntertröstet
Tief, tief hinunter unter den gottlosen Tag
Ins Unzugängliche ihres schweigsamen Reiches,
Wo niemand unsrer harrt
Als die eigene Seele – –

Hermann Hesse

Spätsommer

Noch schenkt der späte Sommer Tag um Tag
Voll süßer Wärme. Über Blumendolden
Schwebt da und dort mit müdem Flügelschlag
Ein Schmetterling und funkelt sammetgolden.

Die Abende und Morgen atmen feucht
Von dünnen Nebeln, deren Naß noch lau.
Vom Maulbeerbaum mit plötzlichem Geleucht
Weht gelb und groß ein Blatt ins sanfte Blau.

Eidechse rastet auf besonntem Stein,
Im Blätterschatten Trauben sich verstecken.
Bezaubert scheint die Welt, gebannt zu sein
In Schlaf, in Traum, und warnt dich, sie zu wecken.

So wiegt sich manchmal viele Takte lang
Musik, zu goldener Ewigkeit erstarrt,
Bis sie erwachend sich dem Bann entrang
Zurück zu Werdemut und Gegenwart.

Wir Alten stehen erntend am Spalier
Und wärmen uns die sommerbraunen Hände.
Noch lacht der Tag, noch ist er nicht zu Ende,
Noch hält und schmeichelt uns das Heut und Hier.

Verfrühter Herbst

Schon riecht es scharf nach angewelkten Blättern,
Kornfelder stehen leer und ohne Blick;
Wir wissen: eines von den nächsten Wettern
Bricht unserm müden Sommer das Genick.

Die Ginsterschoten knistern. Plötzlich wird
Uns das fern und sagenhaft erscheinen,
Was heut wir in der Hand zu halten meinen,
Und jede Blume wunderbar verirrt.

Bang wächst ein Wunsch in der erschreckten Seele:
Daß sie nicht allzu sehr am Dasein klebe,
Daß sie das Welken wie ein Baum erlebe,
Daß Fest und Farbe ihrem Herbst nicht fehle.

Im Nebel

Seltsam, im Nebel zu wandern!
Einsam ist jeder Busch und Stein,
Kein Baum sieht den andern,
Jeder ist allein.

Voll von Freunden war mir die Welt,
Als noch mein Leben licht war;
Nun, da der Nebel fällt,
Ist keiner mehr sichtbar.

Wahrlich, keiner ist weise,
Der nicht das Dunkel kennt,
Das unentrinnbar und leise
Von allen ihn trennt.

Seltsam, im Nebel zu wandern!
Leben ist Einsamsein.
Kein Mensch kennt den andern,
Jeder ist allein.

Hans Carossa

Alter Baum im Sonnenaufgang

Frühnebel steigt aus einsam altem Baum.
Es lichten sich die weiten Astwerkräume,
Die purpurbraunen, rostbespritzten Blätter,
Die nur der Frost noch festhält. Schwarz von Osten
Aufwogt Gebirg. Aus hoher Gipfelzacke
Strömt weißer Brand und saugt in großen Zügen
Den Dunst nach oben, schräge Strahlen lagern
Herab, leis knisternd fallen Blätter –
Und stärker schüttert Licht. Es klingt, braust, – schaudernd
Erwacht der dunkle Baumgeist; in die Sonne
Reckt er sich tausendzweigig, nieder
Wirft er die breite purpurne Belaubung,
Und Himmel, Himmel füllt das nackte Holz.

Rudolf Alexander Schröder

September-Ode

I

Mir ist noch immer, wie mir vorzeiten war,
Als durch den Garten, unter den hangenden,
    Fruchtüberladnen Apfelbäumen
  Mitten ins Schattengewirr der Vollmond

Aufs Rasenfeld verlorene Zeichen schrieb,
Die sich verschoben, wenn aus dem knorrichten,
    Umfinsterten Genist ein Apfel
  Fiel und die raschelnden Zweige wankten.

Der Nußbaum stand vor breiterer Dämmerung
Und barg in Blätterbuchten die reife Tracht,
Da schon ins Gras vereinzelt schwarzer,
Bitterer, beizender Abfall hinlag

Und modrig barst, und aus dem zerschlißnen Balg
Die Kerngehäuse kollerten. – Apfelruch
Und brauner Würzgeschmack der Walnuß
Lief mit dem Atem der Spätjahrsrose

Durch schalen Heuduft sterbender Sommerzeit
Und schräger Mond, der drüben im schlummernden,
Im Strom den schmalen Spiegelstreifen
Zog, den die Schleier des Schilfrohrs säumten.

September war's und heitere Nacht und warm,
Warm wie die Nacht hier droben und hell, wie hier
Der volle Mond durch Apfelbäume
Blickt und am Grunde die Schatten sprenkelt.

2

Mond und September, Schatten im Gras und Nacht.
Und heut? Und morgen? Wähnst du noch allzeit, Herz,
Als wär dein erstes und dein letztes
Wieder das gleiche Gesicht? Ein Anfang,

Ein unaufhebbar deiniger? – Andres ward.
Denn hier steht Sommer, Sommer auf steilem Land.
Blick hin: ob nicht im Silberzwielicht
Silbern durch spärliches Laub der Firn glänzt.

Und doch! Und aber! Sternengewölk am Berg
Und warme Nacht. Und über dem Wiesenrain
Das schräge Licht. Und von gemähten
Gräsern der Rauch; und die Rose duftet.

Wohl. Anders ward's. – Ein Leben wird ausgelebt;
Und jeder Aufblick unter den Wimpern trägt
Ein neu Gesicht und zeigt dir andre,
Fremde: und freilich, der Zufall haftet

Nicht, wo er hinfiel. Wandern ist Menschenlos,
Dein Los und aller. Bist du der Junge noch,
Der einmal stand, dem unter dunkel
Raunenden Zweigen das Herz geschaudert?

Bist du der Alte? – Frage dich nicht. Blick hin.
Nicht mit den Jahren altet das Herz. Hier gilt
Und heut, was immer galt: September,
Mond und ein Schatte von Apfelbäumen.

3

Im hohen Sommer, Freunde, gedenk ich euch.
Ich bin's. Noch immer. Aber ihr andern, sagt,
Seid ihr's? Und dünkt mich doch, als dürft es
Nur meinen Finger, um euch zu fassen.

Ihr kamt im Mittag unter die Schatten her
Und kommt bei Nacht; und älteste Worte gehn
Vom Mund zu Mund, und ein Gelächter
Waltet im Kreis, und Gesang wird rege.

Ihr denn und ich. – Und immer das alte Jahr
Blüht mit dem Frühling, schüttet den Herbst hervor,
Schleicht mit dem Fluß durch Sommerschwaden,
Schichtet das Wintergehölz im Herde.

Blickt nicht die Röte morgens herauf, blickt nicht
Zum Abend nieder? Atmet nicht Sterngewölk
Und glüht der Mittag? Einig Leben,
Einig und allen vertraut, wie Treue,

Die zwischen Menschen waltet, ein erst Gesicht,
Uns unverfremdbar, die wir die gleichen sind
Und gleiche waren, Mann dem Manne,
Knabe dem Knaben; und wird nicht anders.

Drum bleibt mir eines, wie mir das andre blieb,
Herbst und der Sommer, Berg und das Rasenfeld,
Da mir der Mond im Äpfelschatten
Ehe sein Zeichen: September hinschrieb.

4

Mond und Gewölk und Schatten im Gras und Nacht.
Und stehst und kennst dich, daß du der Alte bist
Und nicht das Kind. Und kennst die Freunde
Fern und verschollen und weißt, die leben,

Nicht minder einsam, als es die Toten sind;
Einsam wie du. Kränkt jeden der gleiche Raub.
Ah, wahrlich, rascher denn die Jahrszeit
Altern und wandeln die Menschenherzen!

Willst's angedenken? Alles Gedenken trügt.
Willst in das Deine kehren? Die Lampe winkt
Wie sonst vom Fenster; zwar die gleiche
Nimmer und nimmer das Haus, das eine,

Das dir zu eigen hörte, das Heimathaus,
Dein erst Gesicht. – So sagte nur: Mein; du lügst.
Es ist geliehn, ist wie der Wechsel
Sonnen und Monden; und auch die Treue

Fährt mit dem Wind, läuft schneller denn Wind. Ein Sand
Verschluckt den Wassertropfen. – Der Mensch gewahrt
Nur wenig Jahre. Wohl, sein Herz faßt
Auch von den wenigen kaum ein Wenigs.

Und doch. Hier dies begreift er und hat und hält's,
Ein unabdingbar Eigenes: Ewigkeit
Gilt hier vor meinem Fuß, den Mondlicht
Malen und Gartengezweig, der Schatte.

Robert Walser

Oktober

Die Blätter fallen von den Bäumen,
Das Grün verwandelt sich in Gelb,
und zarter Hauch umgibt das Land.
Oktober hat ein freundliches
Gesicht; gleicht er nicht einem feinen,
vornehmen Herrn, schenkt er dir nicht
Äpfel und Birnen und die saftgen
Trauben und Nüsse? Zwar gibts keine
so schönen, warmen Nächte mehr,
doch sind die Tage immer noch
blau, und an Wärme fehlt es nicht.
Oktober mahnt uns an den Dichter
Lenau und an ein Wandern. Prächtig
ist letztres nun; du gehst über
ein Feld und kommst dann in den Wald,
der hell und sonnig ist, daß es
dich glücklich macht, und still und lauter
und klar dir die Gedanken durch
die Seele gehen. Geht nicht etwas
Geistvolles, Seelenvolles jetzt
im friedlichen Bereich umher?
Im Herbst war ich von jeher ruhig,
glaubte an ihn, wie an etwas
Glückbringendes und schaut' mit ganz
besondrer Freude in den Himmel

und rund herum ins Leben, das mir
alsdann beinah geadelt vorkam.
Die Blumen freilich müssen welken,
auch Menschen werden älter, nun, das
muß ja so sein, doch denke ich,
und du magst ähnliches dir denken,
daß es ein neues Blühen gibt,
und daß es auch ein früheres
Blühen gegeben hat, das mit dir
durch alles fernere Erleben
geht und nicht schwindet, weil es hinter
dir liegt. Die Liebe, die du fühltest,
und all das Gute und das Schöne,
das sich dir gab, dein Streben, dein
Errungenes, obwohl vielleicht nun
im schattgen Dämmer, schimmern dir
hell, und sind unverwelklich, drum
sie froh, sei sanft und gütig und
geduldig.

Ernst Stadler

Herbstgang

Und strahlend unter goldnem Baldachin
um starre Wipfel funkelnd hingebreitet
und Kronen tragend gehn wir hin·
und flüsternd gleitet
dein süßer Tritt gedämpft im bunten Laub.
Aus wilden schwanken lachenden Girlanden
rieselts wie goldner Staub
und webt sich fließend ein in den Gewanden
und heftet wie Juwelen schwer

sich dir ins Haar und jagt vom Licht gehetzt
in grellen Wirbeln vor uns her
und sinkt aufstiebend in das wirre Meer
kräuselnder Blätter· die vom Abendduft genetzt
wie goldgewirkte Teppiche sich spannen...

Nun lischt im fernsten Feld der letzte Laut.
Vom Feuer leis umglüht ragen die Tannen.
Ein feiner dünner Nebel staut
und schlingt sich bäumend um zermürbte Reiser·
und irgendwo zerfällt ein irres Rufen.

Und deiner Schleppe Goldsaum knistert leiser·
und atmend steigen wir auf steilen Stufen.
Weit wächst das Land· von Schatten feucht umballt.
Drohend aus Nebeln reckt sich Baum an Baum.
Und schwarz umfängt uns schon der große Wald.
Und dunkel trägt uns schon der große Traum.

Oskar Loerke

Herbstsage

Durch Blätterhecken, rot und schütter,
Bohren silbern Pfeile, Speere;
Duftherb ging vorüber die Seele
Sankt Sebastians in ihrer Ehre.

Vorbei gehn andre: sähen die Bäume,
Sie kehrten sich ab und nähmen Kutten.
Die wilde Rose fiebert erschrocken,
Wie Beulen befallen sie Hagebutten.

Fern, wo Himmel und Schwarzland sich scheiden,
Liegt ein Klumpen Feuer entfacht.
Da schmieden Pfeile lautlose Männer,
Ganz aus Feuer gemacht.

Unterm Schwesternamen

Mein Schwesterchen hat mir den Strauß geschenkt
Aus Herbstlaub und Silberscheide.
Um seine herben Farben hängt
Ein Abend weich wie Seide.

Ich habe, was beglückt und bedrängt,
Aus klingendem Buch vorgelesen.
Mein Schwesterchen hält den Kopf gesenkt
Und stickt an Fabelwesen.

Und hie und da eine Locke zwängt
Sich ins Goldgrüne, Lichte,
Und wie sie die Wimpern hebt und senkt,
Da wachsen im Dämmer Gedichte.

Und wie der Bruder von Schwesterchen denkt?
... Er liest von Glück und Leide.
Mein Schwesterchen hat mir den Strauß geschenkt
Aus Herbstlaub und Silberscheide.

Georg Heym

Der Herbst

Viele Drachen stehen in dem Winde,
Tanzend in der weiten Lüfte Reich.
Kinder stehn im Feld in dünnen Kleidern,
Sommersprossig, und mit Stirnen bleich.

In dem Meer der goldnen Stoppeln segeln
Kleine Schiffe, weiß und leicht erbaut;
Und in Träumen seiner leichten Weite
Sinkt der Himmel wolkenüberblaut.

Weit gerückt in unbewegter Ruhe
Steht der Wald wie eine rote Stadt.
Und des Herbstes goldne Flaggen hängen
Von den höchsten Türmen schwer und matt.

Noch einmal treten nun wir in die Sonne,
Aus goldnem Park und den verschwiegnen Treppen,
Wo Silberwind die hohen Wipfel reißet.

Und stehen an der Brunnen trocknen Lippen,
Und sehen hängend in der lichten Stille
Die braunen Blätter mit den dünnen Rippen.

Autumnus

Der Schwäne Schneeweiß. Glanz der blauen Flut.
Des breiten Strandes Gelb, das flach verläuft.
Gelärm der Badenden und Freude laut
Der braunen schlanken Leiber, die mit Zweigen
Sich peitschen blankes Wasser auf das Haupt.

Doch aufwärts steigt der Wald in blauen Farben
Des Nachmittags. Sein breites grünes Haupt
Ist sanft gerundet in den blassen Himmel
Der zitternd ausstreut frühen Herbstes Licht.

Weit an dem Stromtal zieht das Hügelland
Sich fern hinab, mit bunten Wäldern voll
Und voll von Sonne, bis es hinten weit
Verschwimmend tief in blaue Schatten taucht.

Georg Trakl

Verklärter Herbst

Gewaltig endet so das Jahr
Mit goldnem Wein und Frucht der Gärten.
Rund schweigen Wälder wunderbar
Und sind des Einsamen Gefährten.

Da sagt der Landmann: Es ist gut.
Ihr Abendglocken lang und leise
Gebt noch zum Ende frohen Mut.
Ein Vogelzug grüßt auf der Reise.

Es ist der Liebe milde Zeit.
Im Kahn den blauen Fluß hinunter
Wie schön sich Bild an Bildchen reiht –
Das geht in Ruh und Schweigen unter.

Im Herbst

Die Sonnenblumen leuchten am Zaun,
Still sitzen Kranke im Sonnenschein.
Im Acker mühn sich singend die Frau'n,
Die Klosterglocken läuten darein.

Die Vögel sagen dir ferne Mär',
Die Klosterglocken läuten darein.
Vom Hof tönt sanft die Geige her.
Heut keltern sie den braunen Wein.

Da zeigt der Mensch sich froh und lind.
Heut keltern sie den braunen Wein.
Weit offen die Totenkammern sind
Und schön bemalt vom Sonnenschein.

Herbstseele
2. Fassung

Jägerruf und Blutgebell;
Hinter Kreuz und braunem Hügel
Blindet sacht der Weiherspiegel,
Schreit der Habicht hart und hell.

Über Stoppelfeld und Pfad
Banget schon ein schwarzes Schweigen;
Reiner Himmel in den Zweigen;
Nur der Bach rinnt still und stad.

Bald entgleitet Fisch und Wild.
Blaue Seele, dunkles Wandern
Schied uns bald von Lieben, Andern.
Abend wechselt Sinn und Bild.

Rechten Lebens Brot und Wein,
Gott in deine milden Hände
Legt der Mensch das dunkle Ende,
Alle Schuld und rote Pein.

Herbst

›Verfall‹ *Sammlung 1909*

Am Abend, wenn die Glocken Frieden läuten,
Folg ich der Vögel wundervollen Flügen,
Die lang geschart, gleich frommen Pilgerzügen
Entschwinden in den herbstlich klaren Weiten.

Hinwandelnd durch den nachtverschloßnen Garten,
Träum ich nach ihren helleren Geschicken,
Und fühl der Stunden Weiser kaum mehr rücken –
So folg ich über Wolken ihren Fahrten.

Da macht ein Hauch mich von Verfall erzittern.
Ein Vogel klagt in den entlaubten Zweigen
Es schwankt der rote Wein an rostigen Gittern,

Indeß wie blasser Kinder Todesreigen,
Um dunkle Brunnenränder, die verwittern
Im Wind sich fröstelnd fahle Astern neigen.

Psalm

Stille; als sänken Blinde an herbstlicher Mauer hin,
Lauschend mit morschen Schläfen dem Flug der Raben;
Goldne Stille des Herbstes, das Antlitz des Vaters
in flackernder Sonne
Am Abend verfällt im Frieden brauner Eichen das alte
Dorf,

Das rote Gehämmer der Schmiede, ein pochendes Herz.
Stille; in langsamen Händen verbirgt die hyazinthene
Stirne die Magd
Unter flatternden Sonnenblumen. Angst und Schweigen
Brechender Augen erfüllt das dämmernde Zimmer,
die zögernden Schritte
Der alten Frauen, die Flucht des purpurnen Munds,
der langsam im Dunkel erlischt.

Schweigsamer Abend in Wein. Vom niedern Deckengebälk
Fiel ein nächtlicher Falter, Nymphe vergraben in
bläulichen Schlaf.
Im Hof schlachtet der Knecht ein Lamm, der süße
Geruch des Blutes
Umwölkt unsre Stirnen, die dunkle Kühle des Brunnens.
Nachtrauert die Schwermut sterbender Astern, goldne
Stimmen im Wind.
Wenn es Nacht wird siehest du mich aus vermoderten
Augen an,
In blauer Stille verfielen deine Wangen zu Staub.
So leise erlöscht ein Unkrautbrand, verstummt der
schwarze Weiler im Grund
Als stiege das Kreuz den blauen Kalvarienhügel herab,
Würfe die schweigende Erde ihre Toten aus.

Friedrich Schnack

Weinlied

Auf der Weinbergsmauer überm Laube
Schläft die Ringelnatter märchenmüd,
Ihren Zauberleib geschlungen um die Traube,
Die sich auf dem Stein zum Weine glüht,

Ehe die Welt veraltet,
Ehe die Glut erkaltet.

Wie ein greiser Mann am Haselstecken,
Stützt der Sommer sich am Rebenstock,
Sein Gesicht bedroht vom Schattenflecken,
Zeitzerfetzt der mürbe Erdenrock,
Ehe der Tod verdunkelt,
Was noch lärmt und funkelt.

Schnappen hör ich schon die Traubenschere,
Und die Hand des Winzers zuckt im Gold,
Bersten seh ich die gemaischte Beere,
In der Bütte schäumt des Jahres Sold,
Ehe die Krüge zerscherben,
Ehe die Zecher sterben.

Georg von der Vring

Die letzte Rose

Wer hat dieser letzten Rose
Ihren letzten Duft verliehn?
Tritt hinaus ins Sonnenlose,
Atme ihn und spüre ihn,

Wie er rot im Offenbaren
Und verschwebender wie Wein
Wesen kündet, die nie waren
Und die hier nie werden sein.

Richard Billinger

Herbstbeginn

Der Hirte singt zum Abendstern.
Im Apfel bräunet sich der Kern.
Wipfelmüd die Bäume schweigen.
Nebel in die Wiesen steigen.
Beere sich an Beere hängt.
Zur Aster sich die Hummel drängt.
Der Kern aus reifer Pflaume quoll.
Ein Birnlein in der Faust mir schwoll.
Ich sauge mich ins Fruchtfleisch ein,
die Wange heiß vom ersten Wein.

Kurt Tucholsky

Schöner Herbst

Das ist ein sündhaft blauer Tag!
Die Luft ist klar und kalt und windig,
weiß Gott: ein Vormittag, so find ich,
wie man ihn oft erleben mag.

Das ist ein sündhaft blauer Tag!
Jetzt schlägt das Meer mit voller Welle
gewiß an eben diese Stelle,
wo dunnemals der Kurgast lag.

Ich hocke in der großen Stadt:
und siehe, durchs Mansardenfenster

bedräuen mich die Luftgespenster...
Und ich bin müde, satt und matt.

Dumpf stöhnend lieg ich auf dem Bett.
Am Strand wär es im Herbst viel schöner...
Ein Stimmungsbild, zwei Fölljetöner
und eine alte Operett!

Wenn ich nun aber nicht mehr mag!
Schon kratzt die Feder auf dem Bogen –
das Geld hat manches schon verborgen...
Das ist ein sündhaft blauer Tag!

Georg Britting

Laubfall

Falln die Blätter immerzu
Von den schwarzen Bäumen,
Daß sie unter meinem Schuh
Wie bittrer Wein aufschäumen.

Buchenblätter, Ahornblätter
Und das Laub der Linden –
Wirbelnd fällt das Laubgeschmetter
Bei den kühlen Winden.

Ist der Fuß grausame Kelter,
Ist der Rinnstein Weinbehälter,
Krümmt sich jedes Blatt vor Schmerz:

Steigt aus Schaum und Blasen
Der Geruch von diesem Saft,

Hat er sonderbare Kraft
Über unsre Nasen,
Über unser Herz.

Schöner Novembertag

Weil die Äste schon kahl sind,
Fließt das Licht leichter durch sie,
Auch harft übern Fluß her der Wind,
So süß wie noch nie.

Wie eine riesige Frucht
Hängt die Sonne im Blau.
Wer sie jetzt nicht mehr sucht,
Findet am Dornstrauch die Beere, die schlau
Im Laub des Sommers sich barg.

Der Fisch in der kiesigen Bucht
Hat Flossen rosenrot,
Und steht so still, als wäre
Er wie das Schneewittchen im gläsernen Sarg
Verzaubert und tot.

Josef Weinheber

September

Ägyd bläst in des Herbstes Horn.
Die Beere schwankt am Brombeerdorn.
Der Apfel fällt mit leisem Laut,
großauf am Bach die Distel blaut.
Die Schwalbe zieht, der Wanderschuh
treibt dunkel einer Heimat zu.

Gekühlte Tage, klar und schön,
mit braunem Laub und weißen Höhn:
Wie lange noch? Der Abend fällt,
Flurfeuer glimmt, Rauchnebel schwelt.
Nachhaus zu gehn, ist wohlgetan.
Sankt Michael, zünd die Lampe an!

Gertrud Kolmar

Herbsttraum

Schmutzig-bleiche Georginen betteln, Käfer sind verklammt, Beete liegen brach.
Meine kalten, schweren Füße schleppen meinem kleinen Kinde nach,

Das an einem Sommertag im fernen Bergeswalde kauert unterm Tanngeäst
Und die schnelle Quelle, blanke Schlange über seine warmen Händchen schlüpfen läßt.

Hier sind tückische, verderbte Pfuhle, faule Wasser, die es niemals küssen darf,
Eine alte Nacht mit dünnem bläßlichem Geäder und mit kargen Sternen, spitzig, scharf.

Hier ist noch Gestampf der Stadt, der Mühn und Lüste Brodeln, Keuchen ewiger Kämpfe zwischen Weib und Mann,
Und da kniets und schaut mit großen reinen Augen seine klare Freude an.

Seine Lippen duften, feine rote Blätter; weiche Worte
wiegen sich wie Schmetterlinge drauf,
Und in ihrem Zauberhauche schlagen meines Herzens
winzige, goldgetriebne Pfortenflügel auf.

Aus der schmalen Kammer, Sonnenregen, der im Herbste
aus des Mohns vermorschter Kapsel fällt,
Stürzen rieselnd tausend, abertausend kleinre Herzen und
verfliegen in der Welt.

Surrend flittert eins im goldnen Pelze durch das dichte
rötlichblaue Heidekraut,
Eins, verstoßen in dem kranken Hund mit stillen, wehen
Augen, irrt nur nachts und jammert weinend, laut.

Manche glühen, Kohlenfunken in der Dampfbahn Kehle,
wenn sie brausend reist,
Manche werden Fisches Schuppenhemdchen, das in Naß
und Sonne gleißt.

Schwarze Hämmer schwingen *die* und klopfen eine Straße
ein,
Jene warten, stumm und zart, in schönen Büchern
zwischen festgedruckten Reihn. –

Aber wenn mein Kind, mein liebes Kindlein seine Mutter
ganz vergißt tief unterm Tanngeäst,
Weil ein buschig Eichhorn, eine flinke Echse seine frischen
Blicke tanzen läßt,

Wenn es lacht, erzittern meine tausend Herzen; wenn's
die Hände öffnet, flattern sie ihm zu,
Spielen Hauch, mit seinen seidnen Haaren, flüstern ihm
ins Ohr und nennens streichelnd Du.

Und sie winken, Blumen, seinem Haschen und sie nicken,
Gräser, seinem Tritt,
Und im freundlich immergleichen Bachesmurmeln rollen
sie als Silberküglein mit.

Ferne höre ich ihr singend Klingen, zucke auf, wenn hier
und da ein Tropfen klatschend stürzt
In die alte Nacht mit Stunden wie mit langer schmierig-
feuchter Schleppe, die mein Traum barmherzig
kürzt.

Siehe, Blumen sterben auf verfaulten Blätterlagern, Sonne
ward begraben unterm Sand,
Meine nebelnassen, eisigen Hände greifen angstvoll nach
des Kindes warmer, sanfter Hand.

Und mein Herz ist noch die schmale Kammer, aber kahl
und kalt und arm, voll Not;
Auf der Schwelle liegt die kleine goldne Biene mit
gekrümmtem Leibe... tot.

Alexander Lernet-Holenia

Der Herbst

Jetzt wird ein jeder Tag so sanft geringer,
als ob der Sommer nur vergangen wär,
wie wenn einem ein Lufthauch durch die bloßen Finger
fließt, da sieht einer hin, da ist nichts mehr.

Im leeren Zimmer weint, wie um eine Geliebte,
der Wind um seine schlanke Lieblingin.
Der Bach fließt leise mit dem sanftgetrübten
Geleuchte blinder Steine unter Schleiern hin.

Der Himmel hinterm Laub ergrünet wie Türkise.
Die weiße Sonn schwimmt gläsern im Gewölbe klar.
Beträuft von Tau ergreist die ungemähte Wiese,
und als ob einer Alten weiß das Haar

verwelke, fällt den Fenstern kalkig das verwirrte
Gewind des Weinlaubs in die Augen, und es kräht ein Hahn
herüber, als wie wenn ein dünnes Silber klirrte;
im Turm aus Holz die Uhr schlägt wieder zinnern an.

Mit ihren reingewaschnen Ringen frieren einem
die Hände (weil die Fenster jetzt im kleinen Saal
noch offen sind) und liegen auf den feuchten Leinen
zwischen dem Glas und Silber kalt beim Mahl.

Zwar blendet noch der Tag, und Blätterschatten wehen
wie sonst über die Böden, wo die Hunde in
der Sonne liegen, und der Springbrunn tönt mit wehem
Gewein, wie sonst, wie sonst, und mit dem Winde ziehn

die Vorhänge aus weißem Flore rührend
herein, als ob noch immer Sommer wär, und knien
sich auf das Fensterbrett wie aus dem Grabe frierend
zurückgekehrte Schatten toter Mädchen hin.

Für Dina von Gängl

Bertolt Brecht

Laute

Später, im Herbst
Hausen in den Silberpappeln große Schwärme von Krähen
Aber den ganzen Sommer durch höre ich

Da die Gegend vogellos ist
Nur Laute von Menschen rührend.
Ich bins zufrieden.

Die Stimme des Oktobersturms

Die Stimme des Oktobersturms
Um das kleine Haus am Schilf
Kommt mir ganz vor wie meine Stimme.
Bequem
Liege ich auf der Bettstatt und höre
Über dem See und der Stadt
Meine Stimme.

Drachenlied

Fliege, fliege, kleiner Drache
Steig mit Eifer in die Lüfte
Schwing dich, kleine blaue Sache
Über unsre Häusergrüfte!

Wenn wir an der Schnur dich halten
Wirst du in den Lüften bleiben
Knecht der sieben Windsgewalten
Zwingst du sie, dich hochzutreiben.

Wir selbst liegen dir zu Füßen!
Fliege, fliege, kleiner Ahne
Unsrer großen Äroplane
Blick dich um, sie zu begrüßen!

Erich Kästner

Der September

Das ist ein Abschied mit Standarten
aus Pflaumenblau und Apfelgrün.
Goldlack und Astern flaggt der Garten,
und tausend Königskerzen glühn.

Das ist ein Abschied mit Posaunen,
mit Erntedank und Bauernball.
Kuhglockenläutend ziehn die braunen
und bunten Herden in den Stall.

Das ist ein Abschied mit Gerüchen
aus einer fast vergessenen Welt.
Mus und Gelee kocht in den Küchen.
Kartoffelfeuer qualmt im Feld.

Das ist ein Abschied mit Getümmel,
mit Huhn am Spieß und Bier im Krug.
Luftschaukeln möchten in den Himmel.
Doch sind sie wohl nicht fromm genug.

Die Stare gehen auf die Reise.
Altweibersommer weht im Wind.
Das ist ein Abschied laut und leise.
Die Karussells drehn sich im Kreise.
Und was vorüber schien, beginnt.

Herbst auf der ganzen Linie

Nun gibt der Herbst dem Wind die Sporen.
Die bunten Laubgardinen wehn.
Die Straßen ähneln Korridoren,
in denen Türen offenstehn.

Das Jahr vergeht in Monatsraten.
Es ist schon wieder fast vorbei.
Und was man tut, sind selten Taten.
Das, was man tut, ist Tuerei.

Es ist, als ob die Sonne scheine.
Sie läßt uns kalt. Sie scheint zum Schein.
Man nimmt den Magen an die Leine.
Er knurrt. Er will gefüttert sein.

Das Laub verschießt, wird immer gelber,
nimmt Abschied vom Geäst und sinkt.
Die Erde dreht sich um sich selber.
Man merkt es deutlich, wenn man trinkt.

Wird man denn wirklich nur geboren,
um wie die Jahre zu vergehn?
Die Straßen ähneln Korridoren,
in denen Türen offenstehn.

Die Stunden machen ihre Runde.
Wir folgen ihnen Schritt für Schritt.
Und gehen langsam vor die Hunde.
Man führt uns hin. Wir laufen mit.

Man grüßt die Welt mit kalten Mienen.
Das Lächeln ist nicht ernst gemeint.
Es wehen bunte Laubgardinen.
Nun regnets gar. Der Himmel weint.

Man ist allein und wird es bleiben.
Ruth ist verreist, und der Verkehr
beschränkt sich bloß aufs Briefeschreiben.
Die Liebe ist schon lange her!

Das Spiel ist ganz und gar verloren.
Und dennoch wird es weitergehn.
Die Straßen ähneln Korridoren,
in denen Türen offenstehn.

Elisabeth Langgässer

Farben im Altjahr

I

Das ist kein Gras: dies geisterhafte Grün,
noch Erde, dies gedankenvolle Braun,
und jener Zweige windgezischtes Sprühn
ruht nicht mehr auf den Wimpern von Merlin,
Wenn er erscheint im züngelnden Geraun.

Kein Scharlachrot, der mörderischen Wespe
an fauler Frucht vertropfend angeboten,
kein Feuerblau im Blätterspiel der Espe,
den Süß und Heiß buk mit dem Mehl der Trespe
und Mäusegerste schwarz zu Elfenbroten.

In sich zufrieden, gilber Nebel gärt
empfangner Träume wässriges Gebild
zu Formen aus, die keine Kraft mehr nährt –
doch jene Freier, die der Farben wert
die Blüte fand: auf hohlem Rückenschild

Treibt mit der Flut ihr abgelöster Namen
versummend hin zu Körben, Krügen, Töpfen,
hoch angefüllt vom Seim der Bergzyclamen – –
und er allein entgeht des Todes Hamen,
der hin- und hertreibt bei den Röhrichtköpfen.

II

Ein Knospenlicht
siderisch bricht
aus dem Gewirr der Räume.
Ein Seufzer tönt,
die Wurzel stöhnt
im Schlaf der Zauberbäume.

Vom Feien-Grün
wie lange hin
zum Weiß der Holle-Haube!
Dazwischen läßt
ihr leeres Nest
des Geisters Äthertaube.

Wer sah ohn' Trug,
nie nah genug,
sie sitzen auf den Stauden?
Zu Runen biegt,
wo sie sich wiegt,
der Irrwald seine Rauten.

Er blüht und bebt,
wenn sie entschwebt,
in wunderlichen Röten,
hat Schleierblau
und Veilchengrau
und Rieselton der Flöten.

So führt er sanft
des Weges Ranft
hinüber in die Wende.
Entfärbten Flor
hebt er empor
und bleicht ihn klar zu Ende.

Skorpion

Wer schlug die höchste Frucht –
so stürzt Natur jetzt nieder
in windgeschützter Bucht
und zittert im Gefieder
der Vogelheere nach, die kreischend sich entfalten.
Denn was auch drang und stieß,
Frost, Glut, Boreas hieß:
es war Skorpion und Biß schon in ihr selbst enthalten.

Ihr Körnerbauch zerplatzt
mit jedem Kürbisballe,
ach, und im Kehricht fratzt,
entgeistert von dem Falle,
das leere Scheibenrund verdorrter Sonnenrosen:
zerlöchert ihr Gesicht,
durch das die Korbspreu sticht,
und mit ihr das Gefühl des tödlich Bodenlosen.

Oda Schäfer

Oktober

O Ahornflamme, Pflaumenblau,
Großer Monat Oktober –
Den Morgen birgt noch ungenau
Ein Nebelflor, ein trübes Grau,
Der Tag steht in Zinnober

Und gelber Sonne Löwenkraft,
Safranfeuer erglühen –
In Keltern schwimmt der dunkle Saft,
Dem süßen Fleisch der Frucht entrafft
Aus sommerlichem Blühen.

O Georgina, Asternstern,
Schwere, welkende Namen –
Der Dahlien Abschied leuchtet fern,
Es senkt der Sonnenblumenkern
Ins Nächste schon den Samen.

Peter Huchel

Der Treck

Herbstprunk der Pappeln.
Und Dörfer
Hinter der Mauer
Aus Hundegeheul,
Am Torweg
Eingekeilt der Riegel,

Das Gold verborgen
Im rostigen Eisentopf.

Spät das letzte Gehöft.
Zerschossen trieb die Kettenfähre
Den Fluß hinab.

Hier sah ich das Kind,
Gebettet
In den kältesten Winkel der Stunde,
Aus der Höhle des Bluts
Ans Licht zersplitterter Fenster
Gestoßen.
Das Kind war nahe dem Tag.

Draußen das Wasserloch
Ein Klumpen Eis.
Und Männer rissen mit Bajonetten
Fetzen Fleischs
Aus schneeverkrustetem Vieh,
Schleudernd den Abfall
Gegen die graubemörtelte
Mauer des Friedhofs.

Es kam die Nacht
Im krähentreibenden Nebel.
Hart ans Gehöft
Auf Krücken kahler Pappeln
Kam die Nacht.

Das Kind sah nicht
Die gräberhohle Erde.
Und nicht den Mond,
Der eine Garbe weißen Strohs
Auf Eis und Steine warf.
Das Kind war nahe dem Tag.

Der Herbst

Nun rötet sich die braune Mauer,
die rauschend sinkt, vom Wind gestürzt,
die Frauen gehn im Blätterschauer
mit Stangen, Kiepen, schwer umschürzt.
Im dunklen Glaste brennt die Stunde,
wenn sie versengt vom Himmel ruhn,
die Haare feucht, am Mittagsgrunde
auf apfelduftendem Kattun.

Ein Karren fährt mit hohen Brettern
und dampft von nassem Humus schwarz,
und flimmernd weht ein Rauch von Blättern,
ein falber Brand aus Gras und Harz.
Es klirrn die Eisen nicht der Gäule,
sinkt weich der Huf ins gilbe Kraut,
sie blitzen in des Laubes Fäule,
die Sonnenhufe ohne Laut.

O Rost des Sommers, heiße Darren,
die Wucht der Körbe schwankt im Raum;
die Zacken nackt, wie schwarze Sparren,
steht kahl gestürzt schon mancher Baum;
der zeigt ein Nest, der eine Mistel,
die schweflig aus dem Himmel hängt
und wie am Stein die dürre Distel
von milden Flammen ist gesengt.

Die Luft nur schallt, die Stare zanken,
wo über den geteerten Zaun
von Nesseln noch, von Feuerranken
weht das zigeunerische Braun.
Die schwarzen Vögel picken, lärmen
und ziehen in den Äther ein
und brausen wieder an in Schwärmen,
wo aus den Hügeln sprüht der Wein.

Dies ist der Herbst, die braune Mauer,
die rauschend fällt, von Beeren naß,
die Stange sinkt im Blätterschauer,
es ruht der Mensch bei Baum und Gras.
Und seine Seele wohnt im Feuer,
das noch den Staub verwandelnd preist,
süß zündend steigt und am Gemäuer
die Erde aus dem Himmel speist.

Herbst, dunkler Herbst, voller Gerüche,
wo Wind dein Feuer groß beschrie,
wo Laub zu Gold kocht, dunkle Küche
der erddurchflammten Alchimie,
wo Süß und Bitter brennend dampfen,
aus Ockersäften gärt ein Hauch,
die Füße nackt in Keltern stampfen
der goldnen Sonnen Wein und Rauch!

Kinder im Herbst

I

Schneebeeren weiß und schaumig knallen,
wenn sie die Kinder sich zerdrücken,
die durch den roten Herbst hinwallen
und nichts als totes Laub zerpflücken.
Mit Ruten treiben sie die Stiere
und peitschen die Kastanien locker,
und flammend auf die Vogelmiere
tropft nun der Herbst sein Gold und Ocker.

Laut singend in der Nebelfrühe
ziehn sie ins krautige Gehege,
dort wo der Ampfer für die Kühe
noch steht am alten Gleis der Wege.
Der Nebel zieht die weißen Kutten

den Kindern wie ein Laken über,
und auch das Rot der Hagebutten
verdämmert milchiger und trüber.

Die Luft verraucht, noch warm vom Öle,
dort faulen blaue Haselnüsse,
das Lied schläft in der Meisenhöhle,
die Kinder planschen durch die Güsse.
Sie hörn den ödesten der Laute,
das trübe Sickern in der Brache.
Der Zeisig schweigt, die Wiesenraute
neigt sich ins Grau der Wasserlache.

II

Fern von der Dörfer Dreschflegelschlag
– o Wiesenfrühe, Septembertag –
gingen wir Kinder mit Schnur und Messer
luchwärts watend durch seichtes Gewässer,
um aus den jungen biegsamen Weiden
Ruten für Kiepen und Zäune zu schneiden.
Auf Sumpfes Rücken, schildkrötenalt,
stand vor uns der feuchte Erlenwald,
wo immer am Morgen die Sonne lag
im dichten weißen Nebel verpuppt.
Über den Wassern, grüngolden beschuppt,
schlüpfte sie langsam erst mittags aus
und flog als große Himmelslibelle
mit gläsernen Flügeln aus Herbsteshelle
blitzend um uns durchs Blättergebraus.
Auf Sumpfes Rücken, schildkrötenalt,
warf wirbelnd sein Gold der Erlenwald.

Reinhold Schneider

Herbst

Du reiche Welt, mit der ich täglich sterbe!
Von deinem Fall, von deinem Sieg beglückt,
Fühl ich dich hell von Todeslust durchzückt
Und trinke Leben noch aus jeder Scherbe.

Des Flüchtigen niemals erschöpftes Erbe,
Das jede Furcht mit Farben überbrückt
Und sterbend erst den Sterblichen berückt,
Wie bin ich froh, daß ich in dir verderbe!

In deinen Gärten blüht, was wir verlieren;
Der Dahlien Sternrad wirft zum letzten Mal
Die Glut ins Herz, damit wir sie erhalten,

Und alle Kraft lebt bis zum letzten Strahl.
– Die Blätter brennen rot, wenn sie erfrieren,
Und unser Blut soll auch im Rausch erkalten.

Schlaflied im Herbst

Schlaf! Vertraue dem Einen,
Der deine Kammer bewacht,
Im Garten unter den Steinen
Schlafen die Geister der Nacht.

In Farn und Kräutern verborgen
Wärmt sich die Schlangenbrut,
So werden die Schmerzen morgen
Sich wärmen von deinem Blut.

Aber die Wipfel schwanken
Fruchtschwer und sonnendurchglüht,
Mit allen Zweigen und Ranken
Ist wieder dein Garten erblüht.

Himmlisches Feuer entfaltet
Letzte Erdenpracht.
Schlafe! In dir auch waltet
Verklärenden Feuers Macht.

Marie Luise Kaschnitz

Herbst im Breisgau

I

Drei Schritte von meinem Vaterhaus
Bin ich über meinen Schatten gesprungen.
Da hingen die Dächer firstab im Blau
Die Linden wurzelten im Wolkenbett
Die Toten flogen vom Weinberg auf
Seltene Vögel.

Gekleidet in die graue Wolle der Waldrebe
Steigt der Herbst von der Höhe.
Sitzt bei den Kindern am Wiesenfeuer.
Die braten die Frösche
Die knacken die Schenkel
Die schlagen wenn der Abend graut
Aus dem wilden schwarzen Kartoffelkraut
Funken wie Sterne

Der Sog der Schwalben ist stärker als alles andre
Er zieht aus der glitzernden Wiese die Zeitlose auf
Und die Nebel die kommen und fliehen.

Weil die Stare so hoch im Himmel schrieen
Verlassen die Bienen den Efeu
Und die Kühe den Apfelgarten
Die Blätter der Linde lassen sich fallen
Und die Blätter der Rosen.
Ein Zug dorfaus
Die riesigen Sonnenblumen voraus
Die wilden schwarzen Medusen.

Dem Fels im Walde steigt der Nebel zu.
Begräbt am Hang die Buchen und den Wein.
Wo sonst die rauhen Wurzeln sich verschlingen
Hängt graues Tauwerk aus den Eisenringen.
Versteinte Muscheln färben sich opal
Meerüber kommen die verlornen Segelschiffe
Und Kinder gehen schlafen in der Grotte.
Feine Skelette legen sich zur Ruh.

Im Hohlweg zieht die kleine Prozession
Jesus aus Holz geschnitzt
Auf dem Esel aus Holz geschnitzt.
Jesus mit rosenroten Wangen
Die kleinen Räder knarren und singen
Eine Krone für mich eine Krone für Dich
Aus der roten Berberitze.

In den Springbrunnen fällt die Nacht
Wie ein Stein vom Himmel.
Schlägt dem Putto ins breite Gesicht,
Reißt ihm die Locken herunter.
Auf der Rose dem schwankenden Lächeln
Treiben die Fische tot.

Im grünen Osten steht der Fürst der Welt
Die Blüte in der Hand.
Im roten Westen steigt mit Lilienhänden
Das Fleisch gen Himmel.

Mein Bett das leichte Holz
Treibt auf dem versandenden Strome.
Die Uhren schlagen. Keine Stunde gilt.

II

Ausgestreckt
Das Gesicht in die Mulde gepreßt,
Die Hände rechts und links
Im Wald verkrallt,
Den Mund voll Ackerkrume,
Quellwasser im Haar,
Den Atem angehalten
Nußlaubatem:
Alles soll bleiben,
Keiner gehe fort.

Denn dies ist ein Ort,
Wo der Vogel im hohem Tambour,
Der wundgeschlagene,
Seinen Ausweg findet.

Und dies ist ein Ort,
Wo der Hund mit dem goldbraunen Fell,
Der im Walde lärmt,
Heimkehrt am Abend.

Wo die Liebe wandert
Auf Schären des Untergangs
Im Herzen der roten Sonne.

Aber nichts bleibt,
Nur die Glieder
Der Kette, die glatten, runden
Milchweißen, fuchsfellbraunen
Spielen mit meinen Fingern.

Glühender Kiesel
Kühle Kastanie
Ein Sommer
Ein Winter
Ein Sommer.

Meine Inseln blühen mir auf
Im grauen Verputz der Mauer.
Meine Briefe schreib ich
Mit der leichen Forellengräte
Über den Hügelkamm.
Abends sitz ich am Feuer,
Bau in die Flasche
Ein Haus, einen Brunnen, acht Linden,
Ein Spruchband aus Schilfgras,
Kein Wort darauf.

Denn die Schrift der Sterne wird klarer,
Wenn die Sterne verschwinden,
Der Leib, von den Schlangen erstickt,
Vergißt die Schlangen,
Die den Tod übergangen,
Die Knöchlein
Im Mörser tanzen und singen.

Zeit ist zu gehen in das Haus des Freundes

Zeit ist zu gehen in das Haus des Freundes
Und vom beinweißen Nußfleisch zu essen.
Der See des Himmels steht aufrecht im Fenster.
Der Erde keiner hat so schöne Boote
Gezackte goldene, die westwärts ziehen.

Wollust der frühen Nacht, sich zurechtzulegen dem Schlafe
Dem Sturz vom Turm, der donnernden Verfolgung
Der schwarzen Pferdehufe. Und zu wissen
Hofüber noch der alte Hahnenschrei –

Wenn die Blätter fallen, steigen die nutzlosen Drachen
Rauschend gen Himmel und zucken in Fäusten der Knaben.
Ihr Schatten läuft gespenstisch übers Feld.

Sonne, die nichts mehr reift, Oktobersonne
Löwe, nebelzerfetzender, herrlich
Aufspringend gen Mittag.

Rose Ausländer

Herbst IV

Auch im Herbst
singen die Vögel
dies auserwählte Volk

Wir Maskenträger
haben verlernt
zu lauschen
dem Amselgespräch
und der innern Musik

Herbst
der freundliche Feind

Leg deinen Raum
in den Rahmen
der Zeit

Herbstlich II

Am Morgen
öffnen Fenster
graue Augen

öffne
ich mein Schweigen
leg es auf die Schwelle
einer fremden Tür

Ängstlich
beobachte ich die Straße
Räder rollen
über alles
was wachsen will

Ich nehme dem schüttern Laub
die Last ab
Klagelieder
die pflanz ich
auf Gräber
der Freunde

Günter Eich

Der Anfang kühlerer Tage

Im Fenster wächst uns klein der Herbst entgegen,
man ist von Fluß und Sternen überschwemmt,
was eben Decke war und Licht, wird Regen
und fällt in uns verzückt und ungehemmt.

Der Mond wird hochgeschwemmt. Im weißen Stiere
und in den Fischen kehrt er ein.
Uns überkommen Wald und Gras und Tiere,
vergessne Wege münden in uns ein.

Uns trifft die Flut, wir sind uns so entschwunden,
daß alles fraglich wird und voll Gefahr.
Wo strömt es hin? Wenn uns das Boot gefunden,
was war dann Wirklichkeit, was Wind, was Haar?

Ende eines Sommers

Wer möchte leben ohne den Trost der Bäume!

Wie gut, daß sie am Sterben teilhaben!
Die Pfirsiche sind geerntet, die Pflaumen färben sich,
während unter dem Brückenbogen die Zeit rauscht.

Dem Vogelzug vertraue ich meine Verzweiflung an.
Er mißt seinen Teil von Ewigkeit gelassen ab.
Seine Strecken
werden sichtbar im Blattwerk als dunkler Zwang,
die Bewegung der Flügel färbt die Früchte.

Es heißt Geduld haben.
Bald wird die Vogelschrift entsiegelt,
unter der Zunge ist der Pfennig zu schmecken.

Albrecht Goes

Altweibersommer

Die Weiber packen ihre Sommersachen
Noch einmal aus.
Auf der Bank vor dem Haus
Und am Rand der Allee
Sieht man sie sitzen und stricken und lachen.
Nun tut die Sonne nimmer weh.
Eine sagt vor sich hin: ich seh
Silberne Fäden inmitten des Blaus –

– Während die Buben die Schnur an dem Drachen
Immer länger und länger machen.

Hildegart Nagel

Herbst

Die Blätter fallen
und mit ihnen
sinkt Zuversicht
und Hoffnung
still zu Boden.

Ihr Gold
ist Täuschung
Herbst
vergoldet nicht.

So sanft und lautlos
wie sich Blätter lösen,
löst sich von meiner Seele
Wunsch nach Wunsch.
Und mein Gemüt
erfüllt
ein stetes Warten
auf Schnee,
der alles kühl dicht
verhüllt.

Ernst Meister

Vogelwolke

Ein Abend,
starrend von Staren...
und wärs auch
Wortspiel, es schafft sich
Wahrheit,
so schwarzes Gezwitscher,
ein unerhörtes
im Labyrinth.

Das muß
der Herbst sein. Er
runzelt die Braue:
die Vogelwolke
steigt auf aus
besudelten Wipfeln

und nimmt nach
Norden
unverständliche Richtung.

Hilde Domin

Spätsommer

Da du die Zeitung liest
sehe ich das Gras an,
grünes neues Gras
unter dem gelben.

Wenn du sehr liebst,
werden die Haare wieder dunkel.
Wenn du sehr liebst,
werden die Haare weiß.

Herbstaugen

Presse dich eng
an den Boden.

Die Erde
riecht noch nach Sommer,
und der Körper
riecht noch nach Liebe.

Aber das Gras
ist schon gelb über dir.
Der Wind ist kalt
und voll Distelsamen.

Und der Traum, der dir nachstellt,
schattenfüßig,
dein Traum
hat Herbstaugen.

Mascha Kaleko

Ein welkes Blatt

Ein welkes Blatt – und jedermann weiß: Herbst.
Fröstelnd klirren die Fenster zur Nacht.
O grüne Welt, wie grell du dich verfärbst!

Schon raschelt der Winter im Laube.
Und die Vögel haben, husch, sich aus dem Staube
gemacht.

Wie letzte Früchte fielen ihre Lieder vom Baum.
Nun haust der Wind in den Zweigen.

Die Alten im Park, sie neigen
das Haupt noch tiefer. Und auch die Liebenden
schweigen.

Bald sind alle Boote im Hafen.
Die Schwäne am Weiher schlafen
im Nebellicht.

Sommer – entflogener Traum!
Und Frühling – welch sagenhaft fernes Gerücht!

Ein welkes Blatt treibt still im weiten Raum,
und alle wissen: Herbst.

Hermann Lenz

Herbst

Wir sprangen durchs Kartoffelfeuer,
Es beizte Rauch die Augen wund,
Und unter moosigem Gemäuer
War bitterrot von Rauch mein Mund.

Wir rückten dicht ans duftend herbe
Milchblau gewundne Rauchgeäst.
Daß nirgends faul ein Kraut verderbe,
Besorgte unser Feuerfest.

Es war noch lang im Heimwärtsfahren
Und duftete bis tief in Nacht
Aus vielen warmen Kinderhaaren,
Die Spiel und Wind verwirrt gemacht.

Karl Krolow

Postkarte vom Herbst

Durch die Postkarte vom Herbst
die langsame Fahrt
einer Kutsche mit
Getreidepuppen –
Fragment aus einer Zeit
wahrsagender Früchte.

Der Himmel wirft
eine blaue Strickleiter
in Baumkronen.
Auf Marienfäden
steigt niemand zu kurzem Spiel
nach oben.

Am Horizont
eine Stadt aus dem alten China:
Gewölk, das Papierdrachen
anzieht.

September

September lehrt
den Wind das Vögelfangen.
Mit fliegendem Haar
trägt er sie südwärts,
während über Tischen
Apfelmost verdunstet.

Behutsame Energie
macht keine Umstände
beim Ernten von Früchten
und Augenpaaren.

In der Ferne
strohblumenleichte Stimmen
streiten mit dem Horizont.

Geometer ziehen Linien
durch die erfrischte Luft.

Toter Herbst

Oktober –
eine Zinnvase mit
künstlichen Blumen.

Zirrhose des Lichtes.
Der raschelnde Alptraum
Wind, in Stunden
mit verhängtem Gesicht.

Er schwenkt Fähnchen
über einem Forum
schwarzer Ackerfrüchte.

Das alte Jahr
mit Aschenhaar
lebt einen Reim lang fort.

Christine Lavant

Die roten Feuerbohnen frieren im Frühherbstwind

Die roten Feuerbohnen frieren im Frühherbstwind,
über ihnen sammeln sich die ersten ängstlichen Vögel.
Zerraufter noch als das Bohnenlaub ist das Haar meiner
Schwester.
Bald wird sie weinen und den kommenden Winter verfluchen,
weil er den Armen leerere Schüsseln und kalte Stuben bringt.
Gern möcht ich meine Hände auf ihre zornigen Augen legen,
aber sie hat ein zartes und leicht erschreckbares Herz –;
das würde alles von mir wissen, alles mit mir teilen wollen.
Doch es ist besser, mit den zäheren Dingen zu teilen,
welche keinen Zorn und keine Verwünschungen kennen.

Ich möchte nicht, daß du verwunschen würdest,
der du mich jetzt schon hungern und frieren läßt.
Darum tausche ich nur leise durch das zerbrochene Fenster
mit Feuerbohnen und Wandervögeln
die unscheinbaren Zeichen der langen Geduld.

Im Geruch der frühen Früchte

Im Geruch der frühen Früchte
und schon leicht entlaubt
bangt der Obstwald, Vogelflüchte
kreisen um sein Haupt.
Drüber wird der Himmel fahler
und ein ungewöhnlich schmaler
Mond begibt sich zart
in den kleinen Sternenanger.
Südwind rüstet sich zu langer
wilder Himmelfahrt.
Nordostwolken drohen düster,
in dem welken Schilfgeflüster
duckt sich Furcht und Hohn
und im Weidenlaub die Meise.
Alles geht im Schwermutkreise,
nur ein Glockenton
preist die Flucht der Jahreszeiten
als des Schöpfers Maß
und die frühen Früchte gleiten
glücklich in das Gras.

Johannes Bobrowski

Der lettische Herbst

Das Tollkirschendickicht
ist geöffnet, er tritt
auf die Lichtung, vergessen wird
um die Birkenstümpfe der Hühnertanz, er geht
vorüber am Baum, den die Reiher umflogen, auf Wiesen,
er hat gesungen.

Ach daß der Schwaden Heu,
wo er lag in der hellen Nacht,
das Heu zerstreut mit den Winden
flög auf den Ufern –

wenn nicht mehr wach ist der Strom,
die Wolke über ihm, Stimme
der Vögel, Rufe:
Wir kommen nicht mehr –

Dann entzünd ich dein Licht,
das ich nicht sehn kann, die Hände
legt ich darüber, dicht
um die Flamme, sie blieb
stehen rötlich vor lauter Nacht
(wie die Burg, die herabkam
über den Hang zerfallen,
wie mit Flügeln das Schlänglein
Licht durch den Strom, wie das Haar
des Judenkindes)
und brannte mich nicht.

Paul Celan

Corona

Aus der Hand frißt der Herbst mir sein Blatt: wir sind Freunde.
Wir schälen die Zeit aus den Nüssen und lehren sie gehn:
die Zeit kehrt zurück in die Schale.

Im Spiegel ist Sonntag,
im Traum wird geschlafen,
der Mund redet wahr.

Mein Aug steigt hinab zum Geschlecht der Geliebten:
wir sehen uns an,
wir sagen uns Dunkles,
wir lieben einander wie Mohn und Gedächtnis,
wir schlafen wie Wein in den Muscheln,
wie das Meer im Blutstrahl des Mondes.

Wir stehen umschlungen im Fenster, sie sehen uns zu von der Straße:
es ist Zeit, daß man weiß!
Es ist Zeit, daß der Stein sich zu blühen bequemt,
daß der Unrast ein Herz schlägt.
Es ist Zeit, daß es Zeit wird.

Es ist Zeit.

Am letzten Tor

Herbst hab ich in Gottes Herz gesponnen,
eine Träne neben seinem Aug geweint...
Wie dein Mund war, sündig, hat die Nacht begonnen.
Dir zu Häupten, finster, ist die Welt versteint.

Fangen sie nun an zu kommen mit den Krügen?
Wie das Laub verstreuet, ist vertan der Wein.
Missest du den Himmel mit den Vogelzügen?
Laß den Stein die Wolke, mich den Kranich sein.

Septemberkrone

Es trommelt der Specht an den Ast die barmherzige Zeit:
so gieß ich das Öl über Esche und Buche und Linde.
Und winke der Wolke. Und schmücke mein lumpiges Kleid.
Und schwinge die silberne Axt vor dem Sternlein im Winde.

Beschwert sind die östlichen Himmel mit Seidengewebe:
dein lieblicher Name, des Herbstes Runengespinst.
Ach, band ich mit irdischem Bast mein Herz an die himmlische Rebe
und wein, wenn der Wind sich nun hebt, daß du klaglos zu singen beginnst?

Herunter zu mir kommt der sonnige Kürbis gerollt:
erschallt ist die heilende Zeit auf den holprigen Wegen.
So ist auch das letzte nicht mein, doch ein freundliches Gold.
So lüftet sich dir noch wie mir jener Schleier aus Regen.

Wolfdietrich Schnurre

Spätsommer

Nonnenfraß nagt an den Nadeln,
Raupenkot rieselt wie Zeit;
die Knochen der Kiefer verbleichen,
als hätt es geschneit.

Grauammer schnarrt ihre Strophe,
die Otter am Wegrand verdorrt;
die schwarzen Höhlen des Dachsbaus
erinnern an Mord.

Die Bussardjungen verdarben,
der Marder zerbiß ihr Gebein;
in die geschändeten Schädel
regnets hinein.

Herbstalb

Die Nebelqualle hat
die klöppellose Glocke
ihres Leibs dem Forst
aufs Haupt gestülpt,
das beinern glänzt.

Die Vogelfische atmen
schon durch schwarze
Schattenkiemen, denn
die Nachtflut steigt.

Sie bringt die Wolkenhaie,
die den Halbmond
ihres Munds im Traum
der Taube aufgehn lassen
und erst sinken, wenn
der Spiegel fällt.

Jetzt treibt der Otter
hin zum Grätenstrand
der blinden Burg;
am Schuppenfell
zerschellt der Tau,

und strudelnd kämmt
die Schwimmhaut
seiner Zehen das fahle
Gräserhaar des Rieds.

Ein Floß aus
Kiefernwurzeln, überdacht
von Eulenschreien, zieht
der Wald dahin.

Herbstliebe

Streich dir das
Spinnweb fort
unterm Aug.

Wirf sie, die
aschene Strähne,
zurück.

Ich säe Wollgras
auf deine Schultern.

Ich pflanz dir
Steinbrech
im Schoß.

Mein Farnzelt
überdacht
deine Narben.

Ilse Aichinger

Dorfweg

Die Stare lästern im Herbst
und manchmal höre ich die Türen
zweimal schlagen,
einmal davon im Traum.

Wer gab uns die Bilder,
die roten Äpfel
im Garten des Kohlenbrenners,
ungereimt, aber gesonnen zu
unterliegen mit uns.

Erich Fried

Herbst

Ich hielt ihn für ein welkes Blatt
im Aufwind
Dann auf der Hand:
ein gelber Schmetterling

Er wird nicht länger dauern
als ein Blatt
das fallen muß
in diesem großen Herbst

(und ich nicht länger
als ein gelber Falter
in deiner Liebe großer Flut
und Ebbe)

und flattert doch
und streichelt meine Hand
auf der er sich bewegt
und weiß es nicht

Herbstlandschaft

Lila die Wiese zur Herbstzeit, lose das Laub
Weit ist alles, und wenn der Wandrer verweilt
wird er eingeweiht in die Weise des Waldes
ins Weidwerk
in des ausgeweideten Wildes Zeichen und Spur

Herz im Herbst: ins Zeitlose steigt die Weissagung
wenn aus den Eingeweiden der Landschaft der Herbstrauch
weht über fette Weiden
und hängt in den Weiden am Teich
weich ist alles, weit ist alles, geweiht ist alles

Geweiht sind die Weiden und Weiden
geweiht ist der Weiher
und das Geweih des Rehs aus dem bunten Wald
geweiht sind die weiten Kreise der Gabelweihe
der Hauch auf dem letzten Wein am leuchtenden Südhang

Und geweiht ist das Weinen am Wasser unter den Weiden
an denen das herbstliche Lied hängt
das Auge sich weidet
das sich verengt hat im Weinen und sich nun weitet
über das Land: über Wasser und Wald und Weinhang

An allem hängt es:
geweiht ist alles
alt alles
weise
und weit

Kurt Marti

November mit heiliger Hildegard

1

draußen im acker
ein feuer

flußabwärts gleitet
ein boot

heilig harkt
hildegard

goldgelb verloht
der ahorn

auf den bergen
schon schnee

2

glauben –
was ist das?

ein gesang
in der nacht

worte die wärmen
im winter

das heilkraut
des lachens

ein weinen
das versteinerte löst

beherztheit
die über mutlose kommt

erwartung
selbst noch im sterben

3

auf den bergen
schon schnee

feucht steigen
nebel

die vergißnicht
vergiß

setz jetzlinge
jetzt

der mond
nimmt zu

Ernst Jandl

Spätherbst

der gute winter langsam naht.
der schlechte ebenfalls.
die einen nehmen schon die schi
die andern kaufen aspirin.
die kinder einen schneemann zeichnen
und eine schneeballschlacht.
es wird von ihnen bald wirklich gemacht,
nämlich sobald der schnee kommt.

Heinz Piontek

Oktober

Oktober du, Stille wird hörbar,
wenn weißer Nebel fällt;
der Geist, wie leicht doch zerstörbar,
an Bild um Bild sich hält:

Jede Färbung erfaßt er,
was reif hier steht und stumm,
nichts aus der Jahreszeit haßt er,
geht auch bei Gräbern um.

Neu ist mir Sinken und Ruhen,
so hab ichs nie gespürt.
Gehe mit raschelnden Schuhen
wie einer, den man führt.

Nichts muß mehr überlegt sein.
Ein Blau so kühl und stet.
Die goldne Spreu wird der Weg sein:
Fortgehn, kein Winken. Valet.

Nachsommer

Zur Zeit, da entfernte Wälderzonen,
streifig von Duft, verwehn,
will ich selbst euch, die mich schonen,
nun aus den Augen gehn.

Keine Begier, was zu treiben.
Höchstens, auf Stoppeln zu schreiben:
Was liegt schon an mir? Und: *Ist Drüben wie Hier?*
Versinkt dann, fünf Finger, im Sand!

Und auch du lös dich auf, mein Leben,
denn das Nichts nimmt in dir überhand.

Laß reisehungrig entschweben,
die klug mit den Schnäbeln lärmen –
und unter den Zügen, den Schwärmen
vergeistern Länder und Land.

Steilgrade Rauchfahnen knistern,
im Reisigbrand hör ich ein Flüstern:

Du selbst bist der Abschied, erfahr es.
Nichts kommt mehr. Vom Ende des Jahres
verblaßt schon sein bläulicher Rand.

Ingeborg Bachmann

Brief in zwei Fassungen

Rom im November abends besten Dank
das glatte Marmorriff die kalten Fliesen
die Gischt der Lichter eh die Tore schließen
der Klang mit dem erfrorne Gläser springen
der Singsang den sie aus Gitarren wringen
eh sie die Schädel in die Münzen stanzen
auf die Arena mit Zypressenlanzen!
der Holzwurm ist bei mir zu Tisch gesessen –
wie wohl ein Blatt aussieht das Raupen fressen?
und Herbst in Nebelland die bunten Lumpen
der Wälder unter großen Regenpumpen
ob es die Käuzchen gibt das Todeswerben
die Drachen die in warmen Sümpfen sterben
das Segel schwarz den Unglücksschrei der Raben
den Nordwind um die Wasser umzugraben
das Geisterschiff die Halden und die Heiden
schuttüberhäuft das Haus die Trauerweiden
verschuldet und verträmt am Strom aus Särgen
den Wahnsinn den sie aus der Tiefe bergen
Immer und Nimmermehr gemischt zum Trank
dein wehes Herz vergötternd alle Leiden
vernichtet und verloren liebeskrank...

Nachts im November Rom Einklang und Ruh
der Abschied ohne Kränkung ist vollzogen
die Augen hat ein reiner Glanz beflogen
die Säulen wachsen aus den Tamarinden
o Himmel den die blauen Töne binden!
es landen Disken in den Brunnenmitten
sie drehen sich zu leichten Rosenschritten
wollüstig dehnen Katzen ihre Krallen
der Schlaf hat einen letzten Stern befallen

der Mund entkommt den Küssen ohne Kerben
der Seidenschuh ist unverletzt von Scherben
rasch sinkt der Wein durch dämmernde Gedanken
springt wieder Licht mit seinen hellen Pranken
umgreift die Zeiten schleudert sie ins Heute
die Hügel stürmt die erste Automeute
vor Tempeln paradieren die Antennen
empfangen Morgenchöre und entbrennen
für jeden Marktschrei Preise Vogelrufe
ins Pflaster taucht die Spiegelschrift der Hufe
die Chrysanthemen schütten Gräber zu
Meerhauch und Bergwind mischen Duft und Tränen
ich bin inmitten – was erwartest du?

Herbstmanöver

Ich sage nicht: das war gestern. Mit wertlosem
Sommergeld in den Taschen liegen wir wieder
auf der Spreu des Hohns, im Herbstmanöver der Zeit.
Und der Fluchtweg nach Süden kommt uns nicht,
wie den Vögeln, zustatten. Vorüber, am Abend,
ziehen Fischkutter und Gondeln, und manchmal
trifft mich ein Splitter traumsatten Marmors,
wo ich verwundbar bin, durch Schönheit, im Aug.

In den Zeitungen lese ich viel von der Kälte
und ihren Folgen, von Törichten und Toten,
von Vertriebenen, Mördern und Myriaden
von Eisschollen, aber wenig, was mir behagt.
Warum auch? Vor dem Bettler, der mittags kommt,
schlag ich die Tür zu, denn es ist Frieden
und man kann sich den Anblick ersparen, aber nicht
im Regen das freudlose Sterben der Blätter.

Laßt uns eine Reise tun! Laßt uns unter Zypressen
oder auch unter Palmen oder in den Orangenhainen
zu verbilligten Preisen Sonnenuntergänge sehen,
die nicht ihresgleichen haben! Laßt uns die
unbeantworteten Briefe an das Gestern vergessen!
Die Zeit tut Wunder. Kommt sie uns aber unrecht,
mit dem Pochen der Schuld: wir sind nicht zu Hause.
Im Keller des Herzens, schlaflos, find ich mich wieder
auf der Spreu des Hohns, im Herbstmanöver der Zeit.

Christa Reinig

Herbst

Es war ein Blatt, es schlief in einer Knospe.
Es war ein Falkensohn in einem Falkennest.
Es war eine Braut, tanzend in Stiefelchen.
Es war ein Stern, brennt über einem Segel
und ist erloschen längst im All.

Ein altes Weib reißt Kraut aus einem kalten Acker.
Ein altes Weib fegt einen Sperling ins Feuer.
Ein altes Weib krückt um einen Blätterhaufen.
Es war ein Stern, brannt kurz, war lang erloschen,
ein toter Stern hat mich gebeugt.

Günter Bruno Fuchs

Herbst-Werbung

Hier sehen Sie den Herbst! Ein Freund
jeder Familie, die Hausfrau
schätzt seinen sparsamen
Blätterverbrauch. Ohne Nachnahme
stellt er sich ein, und wenn du
genug von ihm hast,
erstattet er dir selbstverständlich
den vollen Betrag. (Riskiere den Herbst
in bequemen Monatsraten!)

Vor den Zeugnissen

Der Lehrer sagt: Die Blätter
fallen zur Erde. Wer fällt zur Erde? Wer oder was
bedeckt wen oder was? Ah, das gefällt euch wohl nicht,
wenn ich frage: Wen oder was bedecken die Blätter? Also,
die Erde wird zugedeckt von den Blättern. Die Erde
und außerdem wer oder was? Und wann?
Und wie oft? So, nun schreibt
euren Aufsatz über
den Herbst.

Hertha Kräftner

Oktober

In dieser Zeit des lauwarmen Verfalls
scheint dir dein Herz ein Klumpen Flitter.
Den Fenstern droht ein herbstliches Gewitter.
Der Tote legt die Hand auf deinen Hals.

Schwermut zieht in die Stadt auf braunem Pferde.
Die Frau verliert im Kamm ihr dunkles Haar.
Das Tor geht zu, das gestern offen war.
Ein irres Schaf sucht den Geruch der Herde.

Hans Magnus Enzensberger

Kleiner Herbst Dämon

Nach Schwefel stinkt dein gelber Schopf
die Hände hast am Kohlen Feuer
die Augen glitzen ungeheuer
und Maus Blut kocht in deinem Topf.

Du tanzt wie Elms Licht überm Dach
mit langem spindeldürrem Finger
hast brauner Köter viel im Zwinger
und schaffst den Igeln Ungemach.

Den Rauch von Laub und Toten Hand
bläst deine Pfeife übers Land
und wie ein blechern Glocken Lied
verschellst du bald im Binsen Ried.

Dort schläfst du glucksend übers Jahr
Sankt Stephan weckt dich wunderbar
die aberwitzigsten Quadrillen
zum großen Todes Fest zu grillen.

Septemberabend vor Porkkala

Am herbstzeitlosen Himmel
flennt Laurentius
nutzlose Tränen,
Kobalt und Eisen:
auf der Schäre
tellurischem Knöchel
geht Grillen Lied

steigt der Abend vom Himmel
ersäuft in der Bucht

heulen Sirenen
Kreuzer rüsten
gähnend den Phallus
zu schmutziger Hochzeit

Kobalt und Eisen
weinen umsonst

feuerrot liegt der Krebs
in der Schüssel
Feuer befiehlt der Admiral
ganz in Weiß
und verzehrt ihn

Zwischen den Schüssen
rührt sich die Grille
die Herbstzeitlose

Laurentius flennt
die Mörder trinken
ganz in Weiß

Auf zerschmetterter Schäre
geht Grillen Lied.

Günter Kunert

Der Herbst spielt

Der Herbst spielt
Durch den Wald Klavier.

Auf greisen Blättern, die er
Sacht zur Erde anschlägt.

Ein Stück vom Glauben an
Beständigkeit in tiefen Tönen.

Herbstgedicht

Massen von Licht
Das Licht der Erfahrung
an einem frühen Morgen im Herbst
Keine Bewegung der Luft
Kein Geräusch
Nur Klarheit

Für die späteren dunklen Tage
zum Nachleuchten

Für den gewissen Winter

Für die Undurchsichtigkeit der Welt
nimm etwas Sonne zu dir
nach trauriger Schildbürgerart.

Alfred Kolleritsch

Nach keinem Sommer

Es ist Herbst. Es herrscht
der Satz von dir: »Die Absonderung
vermehrt die Sichtbarkeit.«

Der Mantel, dein Blätterfall,
verrät den Wunsch,
dich zu verhüllen:
damit dich keiner vergißt.

»Schaut her, ich will nicht,
daß man mich sieht.«
Der Tote ist tot.
Das Fest für ihn hat begonnen.
Die Sonne verhindert die Sonne,
die Einsamkeit Einsamkeit.

Es ist deine Jahreszeit,
das Herz, übersetzt in sein Gegenteil,
hat von dir keinen Namen,
du liebst das nächste:
das gefährlichere Glück,
Pferdelängen vor dem, was es erreicht.

Jürgen Becker

Erinnerung ans Land

Gelbe Hänge im Herbst noch eine Aussicht
auf die Bestände unserer frischgemachten Hoffnung
denn unsere gefalteten Körper bewegten sich
bäumten sich auf mit den Feuerbohnen
und wir zitierten nicht mehr den Verlust

es gab wieder Arbeit mit Holz
die Hemden flogen auf den Zaun
und der Gruß der schwitzenden Leute
hallte ins Tal zwischen den Eichen
war auf den Kürbissen ein Getrommel

nichts schreckte weder ein Hauch
vom Wintertod noch ein Manöverkampf
selbst die Folter des Traums
ließ zu ein Erwachen mit Gnade
und glitzernd kam auch der nasse Tag

die Scherben springen weg von den Bäumen
der Himmel versprüht heute neues Metall
in tiefen Mänteln verborgen ruht sich das Kraut
vom Sommer aus
ein glänzender Augenblick
bist du müde schau auf
die Angst hat eine Schelle und läuft
in den Wald
der steht frisch gerüstet
unmöglich unglaublicher Tag
die Straßen öffnen sich alle zum Meer
sanft werden die Männer
das Meer entschließt sich zu neuen Schätzen

selbstverständliche Ökonomie
Bildschirme
zwischen dampfenden Schollen
schildern die Möglichkeiten der Wurzeln
friedliche Kriege
bist du erledigt steh auf
die Wörter des Tuns machen mit
im Himmel singt Hans der geschundene Knecht
gießt Öl ins Getriebe des Monds
die Bauern beginnen zu staunen
schön wird der Rost
Kronen der Einfalt
gutes Feuer
Gerechtes
Aufleuchtendes was du anschaust
Seelen werden an Fallschirmen sichtbar
und das Auge wird freiwillig programmiert
ein Ring den pflücke ich dir
ein Lehnstuhl für Sehnsucht
ein Kuß deiner Stiefel
möglich glaubwürdige Tage
Termine igeln sich ein in den Gärten
ein verschwundener Maler taucht in den Wiesen
die er malte endlich auf
überflüssige Träume
gute Arbeit im Körper
im Rücken der Berge fließt die Trauer weg
entdeckt wird ein Stern für die Unschuld
du wirfst keinen Stein mehr
du brauchst keinen Schutz mehr
dich zwingt niemand und nichts zum Terror
der nächste glänzende Augenblick
das Kraut zieht die Mäntel aus
begrüßt die neue Regierung der Wünsche
jetzt leben wir abends nicht lange

Günter Herburger

September

Lachmöwe
auf der Tankstelle
an der Hauptstraße
zum Meer,
wenn Herbststürme
die Wellen
wie Sperrholzplatten
aufrecht
gegen den Strand stoßen
und die Lachmöwe
gefährlich nahe
vor einen Lastwagen
gedrückt wird.

Frierend
ärgert sich
der Tankwart
über den Kundendienst
und stellt die Heizsonne
auf drei,
wenn er wieder
in seinem Glaskasten sitzt.

Unsicher
schießt die Lachmöwe
in eine
rüttelnde Baumkrone.
Bei Sturm
findet sie
kein Futter.
Jetzt
regnet es auch noch.

Michael Groissmeier

Herbst-Haikus

Herbstwind im Türspalt –
immer wieder versucht er,
die Grille nachzuahmen.

Weiß von der Winde
der Herbstmond? – Weiß die Winde,
sag mir, vom Herbstmond?

Vorbei der Sommer –
nun ruhn auf einer Aster
meine Augen aus.

Auch wenn es schon gemäht ist,
rauscht noch das Schilfgras
im Novemberwind.

Herbstabend

Der Himmel, gehalten nur
von den Rauchsäulen der Kartoffelfeuer.

Vogelschwärme, wie Weihrauch
bläulich unter Kuppeln hin.

Laurentius auf dem Rost.
Unter ihm die Wolkenglut,
vom Wind geschürt.

Die Funken stieben:
Sterne.

Der Vollmond
hinter dem Märtyrerhaupt
wandelt sich zum Heiligenschein.

Ich seh den Himmel offen.

Auge in Auge
mit dem Unsichtbaren.

Sarah Kirsch

Spinnengarn

Nebel weht Töchter des Herbstes
Auf großen blassen Füßen springen sie lautlos
Von Tür zu Tür strecken sich in die Kronen
Der Bäume die nun allerorts Früchte tragen
Heften die Tücher das Laken der Windsbraut
An Dachrinnen fest daß uns der Blick
Verwehrt ist Aussicht ins grüne Land
Durch die Erinnerung geschieht
Einmal der Landkartenleib einer tragenden Kuh
Auftaucht aus feuchtem flatterndem Leinen.
Die nahen Blumen der Türsteherwacholder
Sind völlig verstrickt Spinnengarn weißgraue Schnüre
Hängende Brücken verspannte Pfeiler Gewölbe
Um schwarze Beeren und Wassertropfen stumpf
Ohne die abgeschlagene blitzende Sonne.
Nicht der geringste Ruf keine mächtige Stimme
Dringt uns ins Ohr wenn wir frierend
Auf Steintreppen stehn die nirgendhin führen.

Der September

Der Nebel zerstört die Farbe der Blumen
Und netzt sie, daß sie sich hinlegen
Das goldne Kartoffelkraut
Verbirgt seine Nester nicht länger
Der Landwirt knurrt: Welche Obstschwemme

Der Rest des Fadens

Drachensteigen. Spiel
Für große Ebnen ohne Baum und Wasser. Im offenen Himmel
Steigt auf
Der Stern aus Papier, unhaltbar
Ins Licht gerissen, höher, aus allen Augen
Und weiter, weiter

Uns gehört der Rest des Fadens, und daß wir dich kannten.

Christoph Meckel

Herbstmorgen

Blick in den Morgen
durch das geöffnete Fenster:
Oktober, der Himmel ist hell
wir schliefen gut;
der Tag tritt auf, von Krähen besungen
und legt uns Sonne vors Fenster
in Zeitung gewickelt.
Wir lesen: die Foltern sind viele
aber nicht hier.

Vorm Fenster ist alles glänzend und offen
und unbeschädigtes Land.
Von neuem melden wir Zweifel an:
ob wir tatsächlich hier sind, ohne
grössere Verluste.

Unbehelligt am eigenen Platz zu leben
kann man sich als Verdienst anrechnen
oder auch nicht.
Man kann an das Fenster treten
Wein trinken, singen
unbeobachtet, und an den Abend denken:
das Brot, die Gespräche, der Nachtwind
und die Ankunft der Geliebten.

Ja, an einem günstigen Platz zu leben
kann man sich als Verdienst anrechnen
oder auch nicht.
Vorm Fenster ist alles glänzend und offen
und unbewachtes Gebiet.
Und der Zweifel gibt uns
weil wir leben, Gewissheit:
dass wir tatsächlich hier sind, ohne
grössere Verluste.

Wir hörten den Regen auf Dach und Blättern

Wir hörten den Regen auf Dach und Blättern
lagen umarmt und hörten den Regen, dachten
den Herbst und die Meerbucht zusammen
das Haus und die Föhren
den nördlichen Abend, uns selber, und daß wir hier lagen.
Einmal suchte sie Streichholz, Tabak, und rauchte.
Dann, ununterbrochen, der Regen, die Ruhe, der Regen.

Karl Mickel

Lindenforum

Gelbes Laub, den Zweigen nicht verhaftet
In höchster Nähe schwebt an Ast und Ästlein
So gesättigt ist die Luft mit Regen
Die Luft so stille, daß der Linden Leiber
Leisen Wortes Hauch, Gedankens Atem
Entkleidete. Ich wage nicht zu denken

Helga M. Novak

Laugarvatn Herbst

aufgeweicht vom Regen
und niedergeschlagen
der Stein auf dem Herz so schwer
daß es tiefer und tiefer geht
dabei ist noch Wein abgefüllt
die Pastete im Ofen ist noch heiß
aufbrechen alles stehenlassen
und den grauen Gänsen folgen
die jetzt lärmend
in verwüstete Landstriche ziehen

Scherben liegen auf dem Weg
und zerbrochene Hälse
an den Ebereschen schaukeln
die Lampions
der Regen wischt die Freilichtbühne auf
Schlagzeuge verstummen
Dosen treiben davon

die Blumen aus Papier sind aufgeweicht
es muß ein Fest gewesen sein
dem Krempel nach
wohin die Karawane zog wohin
kein Katzenauge blickt zurück

mit Rückendeckung
zu Füßen den Strudel
an die Wand gedrückt
und entsetzt
unfähig sich festzuhalten
festgehalten
ein anderes Ufer ist nicht erreichbar
springen und nicht warten
warten worauf
die himmelschreiende Ruhe vor Augen
durch den Strudel ist kein Entkommen

die Gräser sind auf dem Rückzug
mit fliegenden Haaren im Wind
eine staubige Kolonne
Fuchsschwanz Quecke Hundezahn
entlang der tonangebenden Straße
beiseitegeschoben verdrängt
streicheln sie weder Fuß noch Rad
versteckt in den Gräben
grau braun vergilbtes Grün
Tarnfarben schützen nicht vor der Sense

auf dem Feld
eine fünfmannhohe Säule aus Dampf
der Wasserstaub rieselt herab
und verfliegt
über dem schwefelgrünen Feld
aus nassem Puder
der rauchende Trichtermund

er ist lange tot
die Dampfsäule fabriziert der Staat
mit sechzig Kilogramm Seife
für den Ehrengast
zwischen farblosen Halmen
versteinertes Gras am Rand der Geysire

um den der unterwegs ist
stellen die Mücken Wände auf
und besetzen ihn Punkt für Punkt
ganz erblindet stolpert er
und flieht ins Wasser
er verheddert sich in den Netzen
die Fische in den Maschen
drücken sich die Augen aus
der Mann läßt sich fallen und wartet
auf eine schöne Decke aus Eis

wo mitten in dem gefrorenen
Binnensee die heiße Quelle sprudelt
ist die Decke
eine brüchige Scheibe im Eis
die Gesichter
der bei Nacht Hineingefallenen
sind eingerahmt
der Wind treibt Schnee drüberweg
und lähmt die Klangfiguren
bevor es dunkel wird.

erstickt ist das Gezeter der Raben
der Mink überläßt den Schneehühnern
die steinige Wüste
der Mann der sich im Sturm verirrt hat
wälzt sich einen Findling
auf den Leib
um nicht davonzufliegen

er sieht nichts als Flügel aus Wind
schwarze Gardinen
bevor noch das Licht kommt
und zu silbernen Teppichen lockt
ist er eingeschlafen

Nicolas Born

Zweimal im September

Es hat aufgehört zu regnen
die Markisen des Cafés tropfen
Decken und Klappstühle sind
eingeholt.

Wir können ja hineingehen.

Wasser spritzt von den Autoreifen
und den breiten Schuhen alter Männer.
Lautlos fallen die Vorhänge
lautlos schließen die Straßen.
Alle Häuser sind erleuchtet.
In einer der nassen Bahnen
fahren wir nach Hause.

Peter Hamm

November
(Für Peter Huchel)

November, der wahrhaftigste Monat,
der bleiche Blätter verscharrt, Igel
und ihresgleichen in den Schlaf scheucht,
November, der Allerweltsprophet, glühte
violett, als wäre er schon im Advent.

Meinen Schritt kreuzte kein andrer mehr,
Sternbilder stürzten in fremde Arme,
die Bilder am Weg waren alle verhängt.

Nur etwas folgte mir lautlos,
etwas, das nie im Sommer war –

»Daß Liebe vergeht
und Tod besteht...«

Kein Schwan von Tuonela geleitete mich
in jenes Reich. Und keines der anderen
ehrwürdigen Tiere. Nur das elende Echo
eines Vogeleis, das einer vergessen hatte
auszubrüten: Gott – oder seinesgleichen.

Rainer Malkowski

Notiz im Altweibersommer

Wenn, ohne besonderen Anlaß,
ein Wort nicht gleich mit der Rede zerbricht,
wenn es unversehrt
noch eine Weile hängenbleibt
in der spätsommerlichen Luft,
sitzt man vielleicht einige Zeit nachdenklich
unter den Bäumen
ehe man aufsteht, die Glieder reckt
und geht.

Guntram Vesper

Herbstgedicht

Meine Phantasie hatte sich
an der Lektüre von Stendhal entzündet
durch die Bekanntschaft mit Vergil
waren die wollüstigen Bilder
und aufgeregten Träumereien
vom Landleben
unüberwindlich geworden, daneben
die wachsende Leidenschaft für Knotenstöcke
die ich aus jedem Weißdorn schnitt
an dem ich vorbeikam.
Soll ich sagen: ich kaute
auf einer Mischung aus fetter Erde
und Asche.
Oder spreche ich besser

von dem achtprozentigen Darlehen
für ein Bauernhaus, das nie mehr
als fünf Prozent abgeworfen hat.
Zuneigung und Aufrichtigkeit würden alle Reden
alle Blicke und Spiele beleben
ich schwärmte für Balzacs Bauern
und für Luise
der Duft erntereifer Kornfelder
schien in mein Zimmer zu wehen
während ich Brehms Tierleben wälzte
und selbst über Tiere schrieb.
Vielleicht, sagte ich einem Freund
der mich besuchte
bin ich käuflich, aber es kostet
eine ganze Landschaft.
Das waren schon Worte
des heimlichen Zweifels, wohlgesetzt
aus Gewohnheit.
Dann, in dem tiefen Schweigen
das auf dem Land nach der Ernte herrscht
und in dem man die Stöße des Herbststurmes
so genau hören kann, wie er
durch die schwarzen Baumkronen saust
um das Haus fährt und sich
in den engen Gängen verliert
da kamen
die Anrufe, einer
immer dringender
als der andere
gerade hatte ich mich auf Optik verlegt
und eine Brille erfunden
mit der ich den Nachbarn
beobachten konnte, während es aussah
als würde ich
zum Himmel blicken.

Hermann Burger

Tagelang hüllt sich der Kirchberger Hügel im Spätherbst in Nebel

Tagelang hüllt sich der Kirchberger Hügel im Spätherbst in Nebel,
Aaretalabwärts steigt Flußrauchen auf ins Gebirg.
Wandle sinnend im gräulichen Mantel von Grabstein zu Grabstein,
Schwedischer Marmor zuhauf, Bibelsprüche als Trost.
Knirrt in der Ferne der Kies, ist der Friedhofgärtner am Werken,
Formt aus Isländisch Moos Winterrabatten nach Maß.
Wuchtig in Nebelnächten, gespenstisch als Nachbar die Kirche,
Käsbissen, Hauptdach und Chor scheinwerferdampfend umhüllt.
Muß an den Wildfrevler denken, der einstmals im finsteren Harzwald
Hoch aufragend am Teich gotisches Strebewerk sah,
Babylonisches Kathedralen-Gestänge aus Weihrauch;
Flüsternde Stimmen im Schiff, bläuliche Flammen daselbst,
Orgelgetöse im Gaden, ein Föhnsturm, und tief in den Konchen
Masken von Toten, der Tod tausendknöchern gemimt;
Aus dem Munde des Priesters schoß der Feuerfluch: Mene
Tekel Upharsin: König, dein Reich ist geteilt.

Karl Corino

Verjährt

Im letzten Herbst
als schon der Regen
begonnen hatte nachts
war in den Bäumen
beiderseits des Flusses

ein mildes Feuer:
Geschwätz von Staren
unsichtbar im Laub
Ich kannte sie genau
Sie lagen manchmal
tot in meiner Hand

Nun sind es kleine
graue Vögel die bisweilen
wie Asche steigen aus dem
grünen Band die ich
verlernte wenn ich sie
je wußte

Von dir will ich
nicht reden

Peter Handke

In den letzten Tagen

In den letzten Tagen
ist die Natur musikalisch geworden
Ihre Schönheit wurde menschlich
und ihre Herrlichkeit auch innerlich
mit Vergnügen bin ich im Laub geschlurft
und hinter einem parfümierten Pudel
hergegangen
Die Büsche haben sich bewegt
wie wenn Manöversoldaten darunter getarnt
wären
tierisch leibhaftig standen die tiefbraunen
Fichten vor dem Fenster

und an einer Stelle inmitten der düsteren
Landschaft
flimmerten die Birkenblätter so hell wie ein
Schmerzenslaut
»Ach!« habe ich gedacht
Weiter weg zog hinter den Häusern Rauch vorbei
und die Fernsehantennen sind davor Monumente
geworden
Mit jedem Tag sah man in den Laubbäumen
mehr von dem Astwerk
die wenigen Grashalme die nach dem letzten
Mähen noch nachgewachsen waren
glänzten so innig
daß ich Angst vor dem Weltuntergang kriegte
in meinem menschlichen Widerschein lächelte
sogar der Verputz an den Häusern

Gerrit Bekker

Oktoberlich

Fand mich, die linke Seite steht im Null –
nun wieder an dem alten Platz, der alten Reihe.
Mag auch der Buchsbaum kahl
und Kranichruf nicht mehr,
ich freue mich auf Frost
und auf Sosollessein-Befinden.
Es ist mir Zeit –
das Damwild kehrt das letzte Grün
und Eichelhäherruf umsonst,
das Unterholz ist licht,
an diesem Tage auch
stirbt irgendwo ein lieber Mensch

und nimmt Erinnerung an Wagenrad
und Gunther mit hinab in Eigendunkel.
An diesem Tag geh ich wie sonst
die Fingerreihen durch
und zähle zehn –
zwei Monde noch,
dann wird das Jahr erneuert,
wie viele Jahre noch,
daß ich einander werd?

Friedrich Christian Delius

Buchherbst

Broschierter Oktober –
alle Rechte
behält er sich vor,
Blatt um Blatt:
Noch einmal
blühen die Feuilletons auf,
bevor sie verwelken.

Hugo Dittberner

Kleine Nachtmusik

Weiße Rosen stehen vor meinem Fenster,
als sollten sie erfrieren
oder doch in dem Geruch der Kartoffelfeuer
schwerer, nun ja, »atmen«.
Hast du jemals bedacht, daß wir in den Augen
unserer Väter Fremde ohne Hut sind?

In einem anderen Leben Personen
mit einem »zärtlichen Gefühlsleben«
(die lose Schwelle, der Tritt ins Leere).

Weiter hinten vor der Dämmerung
kreist ein Mückenschwarm,
die Passanten schlagen einen Bogen –
er erinnert mich an etwas,
das ich nicht in Gedanken
fassen kann.
(Trotz September, das heißt: trotz Herbst).
Vielleicht weil in diesem Abend
der Wind fehlt.

Der erste Rauch steht in den Schornsteinen,
genau ein Leben lang; diese Träume
fehlen in dem Telegramm, das ich wieder
nicht abschicke, (immer »leiser« werdend)
immer selbstverständlicher.

Jörn Pfennig

Spaziergang im Novemberwind

Spaziergang im Novemberwind
wenn alles Grau in Grau verschwimmt
wenn Blätter dürre säuseln
die Wellen im Teich sich kräuseln
und bange Ahnung in das Herze dringt.

Vom Dunst gedunsen bricht das Hirn
aus dem Griff der harten Stirn

in Gefilde sich ergießend
wo Rotz und Wasser fließend
den schwarzen Mann von jedem Hügel spült.

Zeugt nicht schon jener morsche Ahornast
von Einsamkeit und von Melancholie?
Weißt du, daß mir wegen dir ein Tränensack barst
als ich deinen Namen schrie –
in hemmungsloser Hysterie?

Wer klebt denn mein zersprungenes Herz?
Verdampft denn jemals dieser heiße Schmerz?
Ich werde mich versenken
– womöglich noch ertränken –
in einem Tümpel von makabrem Scherz.

Meine Augen sind nach all dem Wehgeschrei
wie eine stillgelegte Molkerei.
Ich hab mein Empfinden
gründlich durchsiebt
ich komm nicht drumrum:
ich hab dich geliebt!

Friederike Roth

Herbstlied

Die Bäume
einsam und schlank, an der Erde
immer röter und gelber die Blätter
verwitternd in Nässe und Glut.

Zum Schlafen legen sich
die Tiere in die Erde
dunkel und dicht
still wird das Leben langer Tage.

Voll Unruhe
was das für ein Schlaf sei
freun wir uns auf die Feste im Warmen.
Die Tage wachsen nach wie Gras
und unsre Augen glühn.

Hans Georg Bulla

September

Ein letztes Mal übern See
gerudert. Auf der andren
Seite unsre schwarzweiße
Katze. Mit ihren Pfoten
ging der Sommer einen
Sommer lang
übern See.

Uwe Kolbe

Herbstklang

Nachtjammern ist in den Blättern
Wie Meergeräusch ringsum.
Ein Traum ergeht sich in mir.
Sorgfältig meidend das Wort.

Scham schließt brüchige Gardinen,
Dieses Haus ist stumm in der Nacht.
Leg ich ein Ohr an die Wand,
Klopfen nur Äste daran.

Aufs Dach hoch zu steigen –
Enttäuschend ein jedes Mal.
Die Dunkelheit flieht den Städter,
Am Himmel steht blutiger Schleim.

Nachweise

Wir danken den nachstehend genannten Verlagen und Rechtsinhabern für die freundliche Genehmigung des Abdrucks:

Aichinger, Ilse: Dorfweg, aus: Verschenkter Rat. © S. Fischer Verlag GmbH, Frankfurt am Main, 1978

Ausländer, Rose: Herbst IV, aus: Wieder ein Tag aus Glut und Wind. © S. Fischer Verlag GmbH, Frankfurt am Main, 1986
Herbstlich II, aus: Und preise die kühlende Liebe der Luft. © S. Fischer Taschenbuch Verlag GmbH, Frankfurt am Main, 1988

Bachmann, Ingeborg: Brief in zwei Fassungen, aus: Anrufung des großen Bären. © R. Piper & Co. Verlag, München, 1956
Herbstmanöver, aus: Die gestundete Zeit. © R. Piper & Co. Verlag, München, 1957

Becker, Jürgen: Erinnerung ans Land, aus: In der verbleibenden Zeit. © Suhrkamp Verlag, Frankfurt am Main, 1979

Bekker, Gerrit: Oktoberlich, aus: Wachsflügels Furcht. © Claassen Verlag GmbH, Düsseldorf, 1982

Billinger, Richard: Herbstbeginn, aus: Gesammelte Werke. Stiasny Verlag, Graz, 1962. © Hubert Plieseis Buchverlag, Wels

Bobrowski, Johannes: Der lettische Herbst, aus: Wetterzeichen. © Verlag Klaus Wagenbach, Berlin, 1967

Born, Nicolas: Zweimal im September, aus: Gedichte 1967–1978. © Rowohlt Verlag GmbH, Reinbek b. Hamburg, 1978

Brecht, Bertolt: Laute, Die Stimme des Oktobersturms, Drachenlied, aus: Gesammelte Werke. © Suhrkamp Verlag, Frankfurt am Main, 1967

Britting, Georg: Laubfall, aus: Irdischer Tag. Nymphenburger Verlagshandlung, München, 1948. © Nymphenburger Verlag in der F. A. Herbig Verlagsbuchhandlung GmbH, München
Schöner Novembertag, aus: Gedichte 1940–51. Nymphenburger Verlagshandlung, München, 1957. © Nymphenburger Verlag in der F. A. Herbig Verlagsbuchhandlung GmbH, München

Bulla, Hans Georg: September, aus: Weitergehen. Gedichte. © Suhrkamp Verlag, Frankfurt am Main, 1980

Burger, Hermann: Tagelang hüllt sich der Kirchberger Hügel im Spätherbst in Nebel, aus: Kirchberger Idyllen. © S. Fischer Verlag GmbH, Frankfurt am Main, 1980

Carossa, Hans: Alter Baum im Sonnenaufgang, aus: Ausgewählte Gedichte. © Insel Verlag, Frankfurt am Main, 1978

CELAN, PAUL: Corona, aus: Gesammelte Werke in 5 Bänden, Bd. 1. Am letzten Tor, Septemberkrone, aus: Gesammelte Werke in 5 Bänden, Bd. 3. © Suhrkamp Verlag, Frankfurt am Main, 1983

CORINO, KARL: Verjährt, aus: Tür-Stürze. Gedichte. © S. Fischer Verlag GmbH, Frankfurt am Main, 1981

DELIUS, FRIEDRICH CHRISTIAN: Buchherbst, aus: Kerbholz. Gedichte. Rowohlt Taschenbuch Verlag GmbH, Reinbek b. Hamburg, 1983. © Friedrich Christian Delius

DITTBERNER, HUGO: Kleine Nachtmusik, aus: Ruhe hinter Gardinen. Gedichte 1971 bis 1980. Rowohlt Taschenbuch Verlag GmbH, Reinbek b. Hamburg, 1980. © Hugo Dittberner

DOMIN, HILDE: Spätsommer, Herbstaugen, aus: Gesammelte Gedichte. © S. Fischer Verlag GmbH, Frankfurt am Main, 1987

EICH, GÜNTER: Der Anfang kühlerer Tage, Ende eines Sommers, aus: Gesammelte Werke, Bd. 1. © Suhrkamp Verlag, Frankfurt am Main, 1973

ENZENSBERGER, HANS MAGNUS: Kleiner Herbst Dämon, Septemberabend vor Porkkala, aus: Die Gedichte. © Suhrkamp Verlag, Frankfurt am Main, 1983

FRIED, ERICH: Herbst, aus: Liebesgedichte. ©Verlag Klaus Wagenbach, Berlin 1979
Herbstlandschaft, aus: Befreiung von der Furcht, © Claassen Verlag GmbH, Düsseldorf, 1983

FUCHS, GÜNTER BRUNO: Herbst-Werbung, Vor den Zeugnissen, aus: Pennergesang. Gedichte und Chansons. © Carl Hanser Verlag, München Wien, 1965

GOES, ALBRECHT: Altweibersommer, aus: Lichtschatten du. Gedichte aus fünfzig Jahren. © S. Fischer Verlag GmbH, Frankfurt am Main, 1978

GROISSMEIER, MICHAEL: Herbstwind im Türspalt. Aus: Haiku. © Verlag Günther Neske, Pfullingen, 1982
Herbstabend, aus: Schnee auf der Zunge. © Franz Schneekluth Verlag, München, 1983

HAMM, PETER: November, aus: Der Balken. © Carl Hanser Verlag, München Wien, 1982

HANDKE, PETER: In den letzten Tagen, aus: Als das Wünschen noch geholfen hat. © Suhrkamp Verlag, Frankfurt am Main, 1974

HERBURGER, GÜNTER: September, aus: Gedichte. Rowohlt Taschenbuch Verlag GmbH, Reinbek b. Hamburg, 1977. © Günter Herburger

HESSE, HERMANN: Spätsommer, Verfrühter Herbst, Im Nebel, aus: Gesammelte Werke. Die Gedichte. © Suhrkamp Verlag, Frankfurt am Main, 1970

HEYM, GEORG: Der Herbst (September 1911), aus: Dichtungen und Schriften Bd. 1 Lyrik. © Verlag C. H. Beck, München, 1981
Autumnus, aus: Gedichte. © R. Piper Verlag GmbH & Co. KG, München, 1986

HUCH, RICARDA: November, aus: Gesammelte Werke 5. Bd. Verlag Kiepenheuer und Witsch, Köln, 1971. © Alexander Böhm

HUCHEL, PETER: Der Treck, aus: Chausseen, Chausseen. © S. Fischer Verlag GmbH, Frankfurt am Main, 1963
Der Herbst, Kinder im Herbst, aus: Die Sternenreuse. © R. Piper & Co. Verlag, München, 1967

JANDL, ERNST: spätherbst, aus: der gelbe hund. Gedichte, 1982. © Luchterhand Literaturverlag, Frankfurt/Main

KALEKO, MASCHA: Ein welkes Blatt, aus: Das himmelgraue Poesiealbum. arani-Verlag GmbH, Berlin, 1979. © Hunzinger Bühnenverlag GmbH, Bad Homburg

KASCHNITZ, MARIE LUISE: Herbst im Breisgau, Zeit ist zu gehen in das Haus des Freundes, aus: Überallinie, 1965. © Claassen Verlag GmbH, Düsseldorf

KÄSTNER, ERICH: Der September, aus: Die 13 Monate. Atrium Verlag, Zürich 1959. © Erich Kästner Erben, München
Herbst auf der ganzen Linie, aus: Gesammelte Schriften für Erwachsene, Bd. 1, Gedichte. Atrium Verlag, Zürich, 1969. © Erich Kästner Erben, München

KIRSCH, SARAH: Spinnengarn, aus: Katzenleben. © Deutsche Verlagsanstalt, Stuttgart, 1984
Der September, aus: Zaubersprüche. © Verlag Langewiesche-Brandt, Ebenhausen bei München, 1974
Der Rest des Fadens, aus: Drachensteigen. © Verlag Langewiesche-Brandt, Ebenhausen bei München, 1979

KOLBE, UWE: Herbstklang, aus: Hineingeboren. Gedichte 1975–1979. © Aufbau-Verlag, Berlin u. Weimar, 1980

KOLLERITSCH, ALFRED: Nach keinem Sommer, aus: Absturz ins Glück. © Residenz Verlag, Salzburg und Wien, 1983

KOLMAR, GERTRUD: Herbsttraum, aus: Das lyrische Werk. © Kösel Verlag GmbH & Co., München, 1960

KRÄFTNER, HERTHA: Oktober, aus: Das blaue Licht. © Burgenländischer PEN-Club, Eisenstadt/Edition Roetzer, Eisenstadt, 1977

KRAUS, KARL: Verwandlung, aus: Gedichte. st 1319. © Suhrkamp Verlag, Frankfurt am Main, 1989

KROLOW, KARL: Postkarte vom Herbst, September, Toter Herbst, aus: Landschaften für mich. Neue Gedichte. © Suhrkamp Verlag, Frankfurt am Main, 1966

KUNERT, GÜNTER: Der Herbst spielt, aus: Erinnerung an einen Planeten. Gedichte aus fünfzehn Jahren. © Carl Hanser Verlag, München Wien, 1963
Herbstgedicht, aus: Unterwegs nach Utopia. Gedichte. © Carl Hanser Verlag, München Wien, 1977

LANGGÄSSER, ELISABETH: Farben im Altjahr, Skorpion, aus: Gedichte, 1959. © Claassen Verlag GmbH, Düsseldorf

LASKER-SCHÜLER, ELSE: Herbst, aus: Gesammelte Werke in 3 Bdn., Bd. 1 Gedichte. © Kösel Verlag GmbH & Co., München, 1959

LAVANT, CHRISTINE: Die roten Feuerbohnen frieren im Frühherbstwind, aus: Die Bettlerschale. © Otto Müller Verlag, Salzburg, 4. Aufl., 1972

Im Geruch der frühen Früchte, aus: Spindel im Mond. © Otto Müller Verlag, Salzburg, 4. Aufl., 1986

LE FORT, GERTRUD VON: Herbstlicher Sturm, aus: Gedichte. © Insel Verlag, Frankfurt am Main, 1953

LENZ, HERMANN: Herbst, aus: Zeitlebens. Gedichte 1934–1980. © Franz Schneekluth Verlag, München, 1981

LERNET-HOLENIA, ALEXANDER: Der Herbst, aus: Das lyrische Gesamtwerk. © Paul Zsolnay Verlag Gesellschaft m.b.H., Wien/Darmstadt, 1989

LOERKE, OSKAR: Herbstsage, Unterm Schwesternamen, aus: Die Gedichte. © Suhrkamp Verlag, Frankfurt am Main, 1983

MALKOWSKI, RAINER: Notiz im Altweibersommer, aus: Was für ein Morgen. Gedichte. © Suhrkamp Verlag, Frankfurt am Main, 1975

MARTI, KURT: november mit heiliger hildegard, aus: Mein barfüßig Lob. Gedichte, 1987. © Luchterhand Literaturverlag, Frankfurt/Main

MECKEL, CHRISTOPH: Herbstmorgen, aus: Wenn es angeht. © Verlag Eremiten-Presse, Düsseldorf, 1974

Wir hörten den Regen auf Dach und Blättern, aus: Souterrain. Gedichte. © Carl Hanser Verlag, München Wien, 1984

MEISTER, ERNST: Vogelwolke, aus: Die Formel und die Stätte. © Rimbaud Verlag, Aachen, 1987

MICKEL, KARL: Lindenforum, aus: Odysseus. © Verlag Philipp Reclam jun., Leipzig, 1976

MORGENSTERN, CHRISTIAN: Blätterfall, aus: Gesammelte Werke in einem Band. © R. Piper & Co. Verlag, München, 1965

NAGEL, HILDEGART: Herbst, aus: Und ab und an. Verlag Bert Sehlender, Göttingen 1982. © Hildegart Nagel

NOVAK, HELGA M.: Laugarvatn Herbst, aus: Grünheide, 1982. © Rotbuch Verlag, Berlin

PFENNIG, JÖRN: Spaziergang im Novemberwind, aus: Grundlos zärtlich. © Franz Schneekluth Verlag, München, 1979

PIONTEK, HEINZ: Oktober, Nachsommer, aus: Helldunkel. Gedichte. © Herder Verlag, Freiburg/Breisgau, 1987

REINIG, CHRISTA: Herbst, aus: Gesammelte Gedichte 1960–1979. © Verlag Eremiten-Presse, Düsseldorf, 1984

RILKE, RAINER MARIA: Herbst, Herbsttag, Spätherbst in Venedig, Herbst, aus: Sämtliche Werke. © Insel Verlag, Frankfurt am Main, 1955

ROTH, FRIEDERIKE: Herbstlied, aus: Tollkirschenhochzeit. Gedichte, 1978. © Luchterhand Literaturverlag, Frankfurt/Main

SCHÄFER, ODA: Oktober, aus: Wiederkehr. © R. Piper Verlag GmbH & Co. KG, München, 1985

SCHNACK, FRIEDRICH: Weinlied, aus: Gesamtausgabe des poetischen Werkes, 3. Band. Kösel Verlag GmbH & Co., München, 1951. © Sebastian Schnack

SCHNEIDER, REINHOLD: Herbst, Schlaflied im Herbst, aus: Gesammelte Werke, Bd. 5. © Insel Verlag, Frankfurt am Main, 1981

SCHNURRE, WOLFDIETRICH: Spätsommer, Herbstalb, Herbstliebe, aus: Kassi ber/Neue Gedichte. Suhrkamp Verlag, Frankfurt am Main, 1964. © Marina Schnurre

SCHRÖDER, RUDOLF ALEXANDER: September-Ode, aus: Gesammelte Werke. Die Gedichte. © Suhrkamp Verlag, Frankfurt am Main, 1952

STADLER, ERNST: Herbstgang, aus: Dichtungen, Schriften, Briefe. Kritische Ausgabe. Herausgegeben von Klaus Hurlebusch und Karl Ludwig Schneider. © Verlag C. H. Beck, München, 1983

TUCHOLSKY, KURT: Schöner Herbst, aus: Gesammelte Werke in 10 Bänden, Bd. 1. © Rowohlt Verlag GmbH, Reinbek b. Hamburg, 1960

VESPER, GUNTRAM: Herbstgedicht, aus: Die Illusion des Unglücks. Gedichte. © Carl Hanser Verlag, München Wien, 1980

VRING, GEORG VON DER: Die letzte Rose, aus: Ausgewählte Gedichte. R. Piper & Co. Verlag, München, 1952. © Wilma von der Vring

WALSER, ROBERT: Oktober, aus: Das Gesamtwerk in 12 Bänden, Bd. VII. © Suhrkamp Verlag, Zürich/Frankfurt am Main, 1978, Abdruck mit Genehmigung der Inhaberin der Rechte, der Carl Seeling-Stiftung Zürich

WEINHEBER, JOSEF: September, aus: Sämtliche Werke, Bd. II. © Otto Müller Verlag, Salzburg, 3. Aufl., 1972

Lyrik bei Piper

Fritz Rudolf Fries
Herbsttage im Niederbarnim
Gedichte. 99 Seiten. Leinen

Gert Heidenreich
Eisenväter
Gedichte. 117 Seiten. Geb.

Georg Heym
Gedichte
Ausgewählt und mit einem Nachwort von Harald Hartung.
123 Seiten. Serie Piper 494

Herbstlich helles Leuchten überm See
Chinesische Gedichte aus der Tang-Zeit.
Ausgewählt, übertragen und mit einem Vorwort versehen von Günther Debon.
100 Seiten. Serie Piper 1098

Günter Kunert
Lesarten
Gedichte der Zeit. 131 Seiten. Serie Piper 731

Giacomo Leopardi
Canti · Gesänge
Italienisch/Deutsch. Aus dem Italienischen von Hanno Helbling.
Mit einem Nachwort von Horst Rüdiger. 314 Seiten. Serie Piper 1022

Edgar Lee Masters
Die Toten vom Spoon River
Aus dem Amerik. von Wolfgang Martin Schade.
Mit einem Nachwort von Fritz Güttinger.
258 Seiten. Serie Piper 504

Lyrik bei Piper

Eugenio Montale
Glorie des Mittags
Ausgewählte Gedichte. Italienisch / Deutsch.
Übertragen und mit einem Nachwort von Herbert Frenzel. 176 Seiten. Geb.

Eugenio Montale
Satura – Diario
Gedichte aus den späten Zyklen. Italienisch / Deutsch.
Aus dem Italienischen von Michael Marschall von Bieberstein.
191 Seiten. Serie Piper 947

Pier Paolo Pasolini
Gramsci's Asche
Gedichte. Italienisch / Deutsch.
Mit einem Nachwort von Michael Marschall von Bieberstein.
Aus dem Ital. von Toni Kienlechner. 192 Seiten. Serie Piper 313

Pier Paolo Pasolini
Die Nachtigall der katholischen Kirche
Gedichte. Italienisch / Deutsch.
Aus dem Ital. von Toni und Bettina Kienlechner. 218 Seiten. Serie Piper 560

Salvatore Quasimodo
Das Leben ist kein Traum
Ausgewählte Gedichte. Italienisch / Deutsch. Übertragung und Nachwort von Giami Selvani. 69 Seiten. Serie Piper 696

Jannis Ritsos
Das letzte Jahrhundert vor dem Menschen
Gedichte. Aus dem Griechischen von Niki und Hans Eideneder.
68 Seiten. Serie Piper 902

PIPER

Lyrik bei Piper

Russische Lyrik
Gedichte aus drei Jahrhunderten.
Ausgewählt und eingeleitet von Efim Etkind.
575 Seiten. Serie Piper 770

Jaroslav Seifert
Der Halleysche Komet ·
Der Regenschirm von Piccadilly · Die Pestsäule
Gedichte. 247 Seiten. Serie Piper 755

Kundeyt Şurdum
Unter einem geliehenen Himmel
Gedichte. Mit einem Nachwort von Michael Köhlmeier.
119 Seiten. Serie Piper 817

Georg Trakl
Abendländisches Lied
Gedichte. Ausgewählt und mit einem Nachwort von Jürg Amann.
126 Seiten. Serie Piper 514

Giuseppe Ungaretti
Ich suche ein unschuldiges Land
Gedichte. Italienisch/Deutsch. Übertragung und Nachwort
von Michael Marschall von Bieberstein.
316 Seiten. Leinen

Lope de Vega
Wir leben in zwei Zeiten
Lieder und Romanzen. Herausgegeben von Erwin Walter Palm.
96 Seiten. Serie Piper 809

Piper 66/3e

PIPER